잠수종과 나비

장 도미니크 보비

양영란 옮김

동문선

Jean-Dominique Bauby

Le scaphandre et le papillon

This edition was published by arrangement
with Éditions Robert Laffont, Paris
through Sybille Books Literary Agency, Seoul

장 도미니크 보비

잠수종과 나비

나는 점점 멀어진다.

아주 천천히, 그러나 확실히 멀어지고 있다.

항해중인 선원이 자신이 방금 떠나 온 해안선이

시야에서 사라져 가는 광경을 바라보듯이.

나는 나의 과거가 점점 희미해져 감을 느낀다.

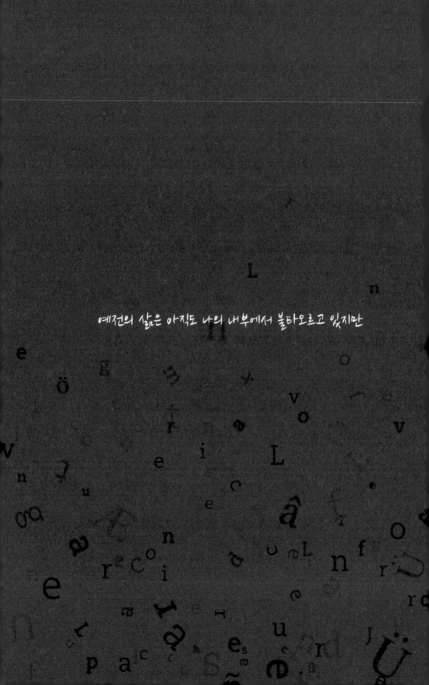

예전의 삶은 아직도 나의 내부에서 불타오르고 있지만

점차 추억의 재가 되어 버린다.

잠수종이 한결 덜 갑갑하게 느껴지기 시작하면,

나의 정신은 비로소 나비처럼

나들이길에 나선다.

Prologue

책머리에

군데군데 벌레먹은 커튼이 우윳빛으로 뿌옇게 밝아 오는 걸 보니 새벽이 오는 모양이다. 발뒤꿈치가 아프다. 머리는 망치로 얻어맞은 듯하고, 온몸은 잠수종 속에 갇힌 듯 갑갑하게 조여 온다. 내 방에서 어둠이 슬그머니 자취를 감춘다. 나는 사랑하는 이들의 사진과 아이들이 보내 온 그림, 포스터, 그리고 친구 녀석이 파리와 루베팀의 경주 바로 전날 보내 온 양철로 된 자전거 선수 조각을 차근차근 살펴본다. 내가 6개월째

바위에 붙어사는 소라게처럼 몸을 붙이고 있는 침대 위로 솟아오른 막대기도 눈에 들어온다.

내가 있는 곳이 어디인지, 또 지난해 12월 8일부터 나의 삶이 예전 같지 않다는 사실을 상기시키기 위해서는 그리 오래 생각할 필요가 없다.

그때까지만 해도 나는 뇌간(brain stem, 腦幹)이라는 것이 있는지조차 몰랐다. 그날 심장 순환기 계통의 갑작스런 이상으로 이 기관이 고장나자, 비로소 나는 뇌간이라는 것이 우리 몸을 이루는 컴퓨터 장치의 핵이며, 뇌와 말단신경을 이어 주는 통로라는 사실을 뼈저리게 실감하지 않을 수 없었다. 예전에는 이처럼 급작스런 사고를 '뇌일혈'이라 불렀으며, 한번 걸렸다 하면 백발백중 죽는 병이었다. 그러다가 요즘에 와서는 소생 기술의 발달로 인하여 상황이 좀 더 복잡해졌다. 죽지는 않지만, 몸은 머리끝부터 발끝까지 마비된 상태에서 의식은 정상적으로 유지됨으로써 마치 환자가 내부로부터 감금당한 상태, 즉 영미 계통의 의사들이 '로크드 인 신드롬(locked-in syndrome)'이라고 표현한 상태가 지속된다. 왼쪽 눈꺼풀을 깜박이는 것만이 유일한 의사소통 수단이다.

이런 소상한 내용은 언제나 당사자가 가장 늦게서야 알게 되는 법이다. 나로 말할 것 같으면, 20일 동안의 혼수 상태에서 벗어난 후에도 몇 주일이 지나고 나서야 정확한 병명과 증세를 알 수 있었다. 이제 막 어스름한 새벽빛이 스며들기 시작하는 베르크 해양병원 119호 병실에서, 나 자신을 새로이 발견한 것은 1월도 거의 끝나갈 무렵이었다.

여느 날과 크게 다를 바 없는 아침이다. 7시가 되자, 예배당의 종소리가 15분마다 한 번씩 덧없는 시간의 흐름을 확인시켜 주기 시작한다. 밤새 잠잠했던 기관지가 고인 가래를 뱉어 내려는 듯 갑자기 그르렁대기 시작한다. 노란색 시트 위에서 경련을 일으키는 손 때문에 고통스럽다. 손이 너무 뜨거워서 그런지, 혹은 반대로 너무 차가워서 그런지 도무지 알 수가 없다. 근육이 경직되지 않도록 반사적으로 기지개를 켜보려 하지만, 내 팔다리는 겨우 몇 밀리미터 정도만 움직일 뿐이다. 하지만 사지의 통증을 더는 데는 이 정도만으로도 충분하다.

잠수종이 한결 덜 갑갑하게 느껴지기 시작하면, 나의 정신은 비로소 나비처럼 나들이길에 나선다. 하고 싶은 일이 너무 많다. 시간 속으로, 혹은 공간을 넘나들며 날아다닐 수도 있다. 불의 나라를 방문하기도 하고, 미다스 왕의 황금 궁전을 거닐 수도 있다.

사랑하는 여인에게로 달려가 그 곁에 누워, 그녀의 잠든 얼굴을 어루만질 수도 있다. 공중누각을 지을 수도 있고, 황금 양털을 찾아나설 수도 있다. 전설의 도시 아틀란티스를 향한 모험길에 오를 수도 있고, 유년 시절의 꿈이나 성인이 된 후의 소망을 실현에 옮길 수도 있다.

공상은 이제 그만. 나는 출판사에서 나의 떠나지 않는 여행의 기록을 한 자 한 자 받아 적을 사람을 보내기 전에, 미리 이 여행담의 도입부를 완결지어야 한다. 나는 머릿속에서 한 문장 한 문장을 열 번씩이나 되뇌어 보면서 단어를 빼기도 하고, 군데군데 형용사를 덧붙이기도 한다. 그러다 보면 어느새 내 원고를 한 문장 한 문장 완전히 암기하게 된다.

7시 30분. 당직 간호사가 나타나자, 내 생각의 흐름은 중단된다. 간호사는 익숙한 몸짓으로 커튼을 젖히고 나서 절개 부위와 점적(點滴) 주입 장치를 살핀 다음, TV를 켜고 뉴스를 기다린다. 화면에서는 서부에서 가장 재빠른 두꺼비 이야기를 담은 만화 영화가 한창이다. 나도 차라리 두꺼비가 되게 해 달라고 빌어볼까?

수습 투우사가 그 서임식을 마치면

정식 투우사가 되듯이,

이제 나는 단순한 환자에서

완벽한 장애인이 된 셈이다.

Le fauteuil

바퀴의자

이제까지 이 작은 병실에서, 흰 가운을 입은 사람들을 그렇듯 많이 보았던 적은 없었다. 간호사, 간호보조사, 물리치료사, 심리학자, 재활의학자, 신경학자, 인턴에다가 심지어 병원장에 이르기까지 병원 전체가 내 병실로 옮아 온 듯한 느낌이었다. 이 사람들이 내 침대까지 바퀴의자를 밀고 왔을 때까지만 해도, 나는 아마도 다른 환자가 이 병실로 오게 되는가 보다고 생각했다. 베르크에 온 이후 몇 주 동안 점차 나는 내 스스로가 의식의 강 안으로 다가가는 중이라고 믿었으므로 바퀴의자와 나 사이에 어떤 연관이 있으리라고는 꿈에도 생각지 않았다.

내가 현재 어떠한 상황에 놓여 있는지를 정확하게 말해 주는 사람이 없었으므로, 나는 그저 여기저기서 얻어들은 풍문을 통해 머지않아 예전처럼 정상적으로 말도 하고 몸도 움직일 수 있게 되리라고 확신하고 있던 참이었다.

그런 까닭에 쉽게 들뜨는 상상력을 타고난 나는 이미 소설 한 권 집필, 몇 차례의 여행, 희곡 한 편, 내가 발명한 과일주 칵테일 시판 등 수천 가지 계획을 세워 놓고 있었다. 칵테일 제조법에 대해서는 제발 묻지 말아 주었으면 좋겠다. 이미 잊어버렸으니까. 흰 가운을 입은 사람들은 다짜고짜 내 옷을 갈아입혔다. "기분 전환에 좋습니다"라고 신경과 의사가 거드름을 피우며 말했다. 아닌 게 아니라 노란 나일론 구속복(拘束

服) 위에 체크무늬 셔츠, 낡은 바지와 어정쩡한 스웨터를 입는 것이 기쁨을 줄 수도 있었을 것이다. 하지만 내게 고통을 주기 위해서만 존재하는, 나의 물컹물컹하고 흐느적거리는 육체를 수없이 뒤척거려야 비로소 옷을 입을 수 있다는 사실은 기쁨이라기보다 오히려 악몽이었다.

마침내 내가 준비를 마치자, 바야흐로 의식은 시작되었다. 두 명의 건장한 사나이가 내 어깨와 발을 잡더니, 침대에서 들어올려 되는 대로 바퀴의자에 내려놓았다. 수습 투우사가 그 서임식을 마치면 정식 투우사가 되듯이, 이제 나는 단순한 환자에서 완벽한 장애인이 된 셈이다. 사람들은 차마 박수를 치지는 않았지만 거의 친 거나 마찬가지이다. 나를 장애인으로 임명한 사람들은, 이제 바퀴의자에 나를 태우고 우리 병동을 한 바퀴 돌기 시작했다. 앉은 자세 때문에 갑자기 경련이 일어나지는 않는지를 검사하기 위해서였다. 하지만 나는 갑작스럽게 암울해진 나의 미래를 가늠해 보느라 여념이 없어 잠자코 있었다. 목이 긴 미인이 되기 위해 무수히 많은 목걸이를 걸고 다니던 아프리카 여인들에게서, 그 목걸이를 빼버리면 고개를 가누지 못하는 것처럼 제멋대로 돌아가는 내 고개를 고정시키기 위해 특수 베개를 하나 괴었을 뿐, 다른 문제는 없었다. "바퀴의자를 타도 되겠습니다"라고 재활의학자는 좋은 소식을 전하는 듯한 투로 말했다. 그렇지만 내 귀에는 그 말이 최후의 선고처럼 들렸다. 단번에 도저히 믿기 어려운 현실과 직면하게 된 셈이었다. 원자폭탄이 터진 것만큼 눈앞이 캄캄했다. 단두대의 칼날보다 더 예리한 비수가 가슴에 꽂히는 것 같았다. 흰 가운 사단은 이제 모두 방에서 나갔다. 세 명의 간호보조사가 나를 다시 침대에 뉘었다. 자동차의 뒷트렁크 속으로 자기네들이 방금 살해한 훼방꾼의 시체를 억지로 쑤셔 넣는 추리 영화 속의 갱들이 생각났다. 바퀴의자는 방 한구석에 버림받은 듯이 세워져 있다. 의자의 진한 푸른색 등받이 위에는 벗어 놓은 내 옷이 아무렇게나 걸려 있다. 마지막 사람이 나가기 전에, 나는 TV를 작게 켜

달라는 신호를 하였다. '숫자와 문자' 프로가 방영되고 있었다. 아버지가 제일 좋아하시는 프로다. 아침부터 유리창 위로 계속 빗발이 내리친다.

나는 언제나 반쪽밖에 웃을 수가 없다.

이 반쪽짜리 미소는

요동치는 내 기분을 잘 나타내 주는 것 같다.

La prière

기 도

따지고 보면 바퀴의자의 충격은 유익했다. 덕분에 모든 것이 좀 더 분명해졌다. 이젠 나도 터무니없는 공상은 하지 않으며, 내가 사고를 당한 이후 줄곧 거리를 두고 관망하던 친지들을 어색한 침묵으로부터 해방시켜 주었다. 당사자인 내 앞에서 쉬쉬할 필요가 없어지자, 우리는 '로크드 인 신드롬'에 대해 터놓고 이야기를 나눌 수 있게 되었다. 우선 이 병은 아주 희귀한 병이다. 그렇다고 해서 위로가 되는 것은 물론 아니다. 이 지옥같이 끔찍한 병에 걸릴 확률은 복권에 일등으로 당첨될 확률만큼이나 희박하다. 베르크 병원에는 이 병의 증세를 보이는 환자가 두 명 있었는데, 내 경우는 100퍼센트 확신할 수 없는 상태였다. 왜냐하면 나는 이 병에 관한 이론적인 임상 서술과는 달리 고개까지도 움직일 수 있었기 때문이다. 이 병에 걸린 환자 대다수가 식물인간 상태를 벗어나지 못했기 때문에 병의 진전 추이를 예상하기는 어렵다. 확실히 아는 것이라고는, 어쩌다가 요행히 신경 계통이 다시 기능하기 시작한다 하더라도 그 회복 속도가 굉장히 더디다는 정도이다. 그러므로 아마도 내가 발가락을 조금만 움직이려 해도 4,5년은 족히 걸릴지도 모른다.

그래도 호흡기 계통에서는 어느 정도 증세가 호전될 기미가 보였다. 장기적으로는 소화기 주입관의 도움 없이 정상적으로 음식물을 섭취하는 것과, 자연스러운 호흡을 통해 성대를 진동시켜 음성이 회복되기를 기대해 볼 수 있다.

지금 현재로서는 끊임없이 입 속에 과다하게 고이다 못해 입 밖으로 흘러내리는 침을 정상적으로 삼킬 수만 있다면, 세상에서 가장 행복한 사람이 된 기분일 것 같다. 동이 트기도 전부터 이미 나는 침을 삼키는 반사 작용이 되살아나게 하기 위하여, 혀를 뒤쪽 입천장에 갖다대는 연습을 하느라 안간힘을 쓴다. 그뿐 아니라 신앙심 깊은 친구들이 일본 여행길에 가져다 준 선물인 향도, 이미 몇 봉투씩이나 나의 후두를 위해 봉납물(奉納物)로 바치기도 했다. 향집은 아직도 벽에 걸려 있다. 주위의 친지들이 여행을 다녀올 때마다 하나씩 둘씩 가져다 준 우정어린 처방이 기념비라도 세울 만큼 쌓였다. 이들은 어느곳엘 가든지, 나를 위해 온갖 정령들에게 가호를 빌었을 것이다. 이처럼 가히 기념비적이라 할 만한 대대적인 구명 운동에도 어느 정도 규율이 필요할 것 같아, 나는 몇 가지 원칙을 세우려고 시도해 본다. 즉 나를 위해 브르타뉴 시골의 작은 성당에서 촛불을 헌납했다거나 네팔의 사원에서 예불을 올렸다면, 나도 나름대로 이러한 신들의 가호에 확실하게 보답을 드리는 것이 나의 도리라는 갸륵한 생각을 한 것이다. 이에 따라 카메룬의 한 주술사에게 나의 완쾌를 빌어 준 친구의 성의를 봐서, 아프리카 출신 수호신들에게 나의 오른쪽 눈을 제물로 바치기로 했다. 또 신심이 두터운 장모님께서 보르도 교구 신부님들께 나를 위해 기도해 주실 것을 간청하신 답례로, 내 청각을 하느님께 제공했다. 신부님들께서는 지속적으로 나를 위해 기도하시고, 나는 때때로 그 수도원을 찾아가 하늘까지 울려 퍼지는 그들의 찬송을 듣는다. 아직 이렇다 할 만한 성과는 없었지만, 그래도 회교도 광신자들에게 일곱 명의 수도사들이 학살당하였을 때에는, 어쩐 일인지 여러 날 동안 귀가 아팠다. 하지만 이처럼 다양한 신들의 철통 같은 보호막도, 내 딸 셀레스트가 밤마다 잠자리에 들기 전에 하느님께 드리는 기도에 비한다면 한낱 종이벽에 불과하다. 그 아이와 내가 잠드는 시간이 거의 일치하므로, 나는 밤마다 나를 악몽으로부터 지켜 주는 신비스런 기도 소리와 더불어 꿈의 나라로 향한다.

Le bain

목욕

8시 30분이면 물리치료사가 도착한다. 운동선수 같은 체격에 로마 주화에 나오는 옆얼굴을 한 브리지트는, 마비된 내 팔과 다리를 움직일 수 있도록 운동시킨다. 이 과정을 가리켜 '동원 시간'이라는 군대 용어를 사용하는데, 실제로 '동원'되는 군대가 너무 보잘것없어 단지 우스갯소리로만 들린다. 동원되는 유일한 군인인 나는, 20주 사이에 몸무게가 30킬로그램이나 줄었다. 사고를 당하기 일주일 전 다이어트를 시작할 때만 하더라도, 나는 이렇게 놀라운 체중 감소 효과를 기대하진 않았다. 운동 시간 틈틈이 브리지트는 혹시라도 내게 좋아지는 기색이 보이는지를 꼼꼼히 살핀다. 브리지트가 "내 주먹을 꽉 잡아 보세요"라고 말한다. 때때로 나는 내가 손가락을 움직일 수 있다는 착각에 사로잡혀, 브리지트의 손을 으스러뜨리기라도 할 것처럼 모든 기운을 손으로 모아 본다. 하지만 움직이는 것이라고는 아무것도 없다. 브리지트는 꼼짝하지 않는 내 손을 스펀지 조각 위에 다시 올려놓는다. 스펀지 조각은 내 손의 보관함인 셈이다. 유일한 변화가 있다면, 바로 내 머리일 것이다. 나는 이제 고개를 90도로 돌릴 수가 있어서, 우리 병동 옆 건물의 기왓장부터 내 아들 테오필 녀석이 그린 혀를 내민 미키마우스 그림까지 모두 시야에 들어온다. 녀석은 내가 입조차 벌릴 수 없을 때, 이 그림을 그렸다. 하지만 맹연습 결과, 지금은 막대사탕이 들어갈 정도로 입을 벌릴 수 있다. 신경과 의사의 말대로 '굉장한 인내심이 필요'하다. 물리치료 시간은 얼굴 마사지로 끝난다. 따뜻한 손가락으로 브리지트는 내 얼굴 전체를 훑는다. 양피지 조각처럼 뻣뻣하게 굳어 버린 부분. 눈썹을 찡그릴 수 있을 정도로 신경이 아직 살아 있는 부분. 이 두 부분 간의 경계를 이루는 지역이 입 부근이므로, 나는 언제나 반쯤밖에 웃을 수가 없다. 이 반쪽짜리 미소는 요동치는 내 기분을 잘 나타내 주는 것 같다. 세수처럼 일상 생활의 간단한 제스처도, 나에게는 만감이 교차하는 사건이 되기도 한다.

어느 날 문득 나는 마흔네 살이나 먹은 사람을 갓난아이처럼 씻겨 주고 닦아 주고 기저귀를 갈아 주는 것이 우스꽝스럽다고 생각한다. 갓난아이처럼 퇴행한 내 모습에서, 때로는 병적인 쾌감을 느낄 때도 있다. 하지만 다음날에는 이 모든 것이 더할 나위 없이 비극적으로 느껴져, 간호보조사가 내 볼 위에 발라 놓은 면도용 비누거품 위로 눈물이 주르륵 흘러내릴 때도 있다. 마찬가지로 일주일에 한 번씩 하는 목욕도 내게 절망과 환희를 동시에 안겨 준다. 몸이 욕조 속에 잠기는 감미로운 순간이 지나면, 순식간에 물장구를 칠 수 있었던 지난날에 대한 향수가 엄습한다. 따끈한 차나 한 잔의 위스키, 혹은 감칠맛나는 책이나 수북한 신문더미를 벗삼아 발가락으로 수도꼭지를 조절해 가며 욕조에 오랫동안 몸을 담그곤 했었다. 목욕의 즐거움을 상기할 때만큼 현재의 내 상태가 비참하게 느껴지는 순간은 많지 않다. 그렇지만 다행스럽게도 절망감에 오래도록 빠져들 시간이 없다. 이미 덜덜 떨리는 나의 몸은 고행자들의 깔개 같은 환자용 들것에 실려 옮겨진다. 10시 30분에는 운동요법실로 내려가기 위하여 머리끝부터 발끝까지 완전하게 복장을 갖추어야 한다. 병원 측에서 권유하는 펑퍼짐한 트레이닝복 착용을 거절한 나는, 내가 늘 애용하던 늦깎이 학생 차림으로 운동실에 간다. 목욕할 때와 마찬가지로 내 낡은 조끼를 입을 때면 여러 가지 추억이 고통스럽게 내 기억을 되살린다. 그렇지만 나는 이러한 현상을 계속되는 삶의 상징으로 받아들이려고 한다. 고집스럽게 나 자신이고자 하는 의지의 표현이기도 하다. 어차피 침을 흘려야 할

바에야 싸구려 합성섬유로 된 운동복보다는 캐시미어 조끼를 입고 흘리는 편이 훨씬 낫지 않을까.

내 생각을 옮겨 적는

이 기호 체계를 받아들이는 태도는

그야말로 각양각색이다.

L'alphabet

알파벳

나는 내 알파벳표에 적힌 글자들을 좋아한다. 밤이 되어 사방이 캄캄해지고 TV의 빨간 표시등만이 유일한 삶의 흔적처럼 느껴질 때, 알파벳표의 자음과 모음들은 샤를 트레네의 노래에 맞추어 춤을 추기 시작한다. "아름다운 도시 베네치아, 나는 그리운 추억을 간직하고 있다네……." 글자들은 손에 손을 잡고 방 안을 가로지른다. 침대 주위를 빙빙 돌고, 창가로 다가가서는 꾸불꾸불 벽을 타올라 문까지 갔다가 다시

방 안을 돈다.

ESARINTULOMDPCFBV
HGJQZYXKW

얼핏 보기에는 무질서해 보이는 이 글자 행렬은, 하지만 우연의 산물이 아니라 치밀하고 복잡한 계산의 결과이다. 따라서 단순한 알파벳이라고 하기보다는 프랑스어에서 사용되는 빈도에 따라 철자를 배치한, 이를테면 글자들의 빌보드 차트라고 할 수 있다. 가장 자주 쓰이는 E가 제일 앞에 나오고, W는 꼴찌 자리라도 감지덕지. B는 발음이 혼동되기 쉬운 V와 하필이면 이웃하게 되어 뾰로통. 하고많은 문장에서 제일 앞에 나와 거만해진 J는 뒤쪽으로 밀린 자기 위치가 믿기지 않는다는 표정. H보다 한 자리 뒤로 밀린 뚱뚱보 G는 심술을 부리고, T와 U는 둘이 붙어 있게 되어 기쁜 듯. 나와 직접적으로 의사소통을 하고자 하는 사람들에게는 천만다행.

방법은 아주 간단하다. ESA……로 된 알파벳표를 내게 펼쳐 보이면, 나는 내가 원하는 글자에서 눈을 깜박인다. 상대방은 그 글자를 받아 적으면 된다. 똑같은 과정을 그 다음 글자에서도 계속 반복한다. 실수만 하지 않는다면 상당히 빠른 시간 내에 한 단어를 완성할 수 있고, 뜻이 통하는 문장도 토막토막 이어 맞출 수 있다. 물론 원칙적으로는 그렇다. 그렇지만 실제로는 겁을 먹는 사람들도 있고, 눈치가 굉장히 빠른 사람들도 있다. 내 생각을 옮겨 적는 이 기호 체계를 받아들이는 태도는 그야말로 각양각색이다. 크로스워드나 스크래블 애호가들은 적응 속도가 상당히 빠르다. 남자들보다는 여자들이 쉽게 익숙해지는 편이다. 자주 사용하다 보면 어떤 여자들은 아예 알파벳표를 외어 버려서, 알파벳 순서와 내가 자주 쓰는 말을 적어 놓은 공책 없이도 나와 대화를 나눌 수 있다.

서기 3000년쯤 되었을 때, 당시의 인류학자가 만일 "물리치료사는 임신했다" "특히 다리가" "아르튀

르 랭보였지" "프랑스팀은 완전히 더티 플레이를 했지" 등등의 문장이 두서없이 같은 페이지에 등장하는 이 공책을 들여다본다면, 어떤 결론을 내릴 것인지 궁금할 때가 있다. 더구나 필적도 알아보기 힘든 난필인 데다가, 단어가 잘못 이어지기도 하고, 빠진 철자도 많은가 하면, 미완성인 음절투성이니……

기분파일수록 쉽게 냉정함을 잃는다. 이들은 억양도 없는 목소리로 쉴새없이 알파벳을 불러대며, 어쩌다가 운좋게 몇몇 단어를 맞추고 나서는 보잘것없는 결과에 대해 뻔뻔스럽게도 "나는 정말 재주가 없다니까"라고 한탄을 연발한다. 하지만 궁극적으로 기분파들과의 대화는 수월한 편이다. 왜냐하면 이들은 자기가 묻고 자기가 대답하는 식으로 대화 전체를 독점하는 수가 많아서, 구태여 거기 끼어들지 않아도 좋기 때문이다. 내가 두려워하는 사람들은, 오히려 말수가 적으면서 얼버무리기 좋아하는 부류의 사람들이다. 내가 "어떻게 지내십니까?" 하고 물으면, "잘 지냅니다"라고 대답하기가 무섭게 나에게로 다시 발언권을 넘긴다. 이런 사람들을 상대하다 보면 알파벳판은 어느새 속사포가 되어 버리는 듯하다. 당황하지 않으려면 두세 가지 질문 정도는 미리 준비해 두는 것이 좋다. 소심한 사람들은 절대로 허튼짓을 하지 않는다. 철자 하나하나를 신중하게 적어 가기만 할 뿐, 문장이 미처 완성되기 전에는 절대로 미리 넘겨짚어 볼 시도를 하지 않는다. 이런 부류의 사람들이 '송이'에 '버섯'을, '핵발'에 '전소' 혹은 '참을 수' '견딜 수'에 뒤따라 나오는 '없는'이라는 부분을 스스로 알아서 완성시킨다면 내 손에 장을 지져도 좋다. 이러다 보니 자연히 철자가 길어져서 짜증스럽지만, 그래도 이런 사람들과는 직관에만 의존하는 충동파들과의 대화에서 자주 당면하게 되는 오해만큼은 피할 수 있다. 하지만 어느 날인가 내가 '안경'을 달라고 하려던 참이었는데, 상대방이 성급하게 '안개' 속에서 무얼 하려느냐고 호기심 가득 담긴 투로 물었을 때, 나는 비로소 충동파와의 대화가 지닌 시적(詩的) 매력을 만끽할 수 있었다……

그날 이후 회랑 앞을 지날 때마다
나는 외제니 황후가 어쩐지 나를
비웃는 것 같은 기분이 든다.

L'impératrice

황후

프랑스 국내에 외제니 황후에 대한 기억을 추모하는 장소라고는 거의 남아 있지 않다. 손수레와 바퀴 의자가 5열 횡대로 지나갈 수 있을 만큼 터무니없이 넓고 소리의 울림이 좋은 공간인 해양병원의 널찍한 회랑에는, 나폴레옹 3세의 부인이 이 병원의 후원자였음을 증명하는 진열장이 하나 놓여 있다. 이 자그마한 박물관에서 가장 눈길을 끄는 두 가지 소품은, 황후의 흉상과 황후의 방문을 기록한 서신이다. 하얀 대리석으로 조각된 흉상은, 제2제정시대가 막을 내린 지 반세기 만에 95세의 고령으로 세상을 떠난 황후의 젊은 시절의 자태를 담고 있으며, 베르크역의 부역장이 해양신문의 편집장에게 보낸 서신에는 1864년 5월 4일 황후가 잠깐 이곳을 방문했다는 내용이 적혀 있다. 특별열차의 도착, 외제니 황후를 수행하는 여인들의 분주한 발걸음, 요란스러운 행렬의 입성, 병원에서 황후라는 막강한 후원자에게 환자들을 소개하는 광경들이 눈에 선하게 떠오른다. 한동안 나는 기회 있을 때마다 이기념품들을 보러 가곤 하였다.

아마도 나는 그 역무원의 편지를 스무 번도 더 읽었을 것이다. 외제니 황후가 이 병동 저 병동을 돌아다닐 때, 나는 조잘대는 여인 수행부대 틈에 끼어 눈으로는 황후의 노란 리본이 달린 모자와 태피터 양산을 부지런히 따라다니며, 코로는 황후의 몸에서 은은히 풍겨 나오는 향수의 내음을 즐기곤 하였다. 어느 바람이 몹시 불던 날에는 황후에게로 다가가, 굵은 새틴 줄무늬가 진 하얀 치마의 주름 사이로 내 머리를 파묻기도 했다. 생크림처럼 보드랍고 새벽이슬처럼 신선한 느낌이었다. 황후는 나를 밀어내지 않았다. 손가락으로 내 머리를 쓰다듬으며 "이봐요, 인내심을 가져야 해요"라고 부드럽게 말했다. 스페인 억양이 섞인 황후의 목소리는, 신경과 의사의 목소리와 매우 흡사했다. 황후는 이제 리타 성녀처럼 프랑스인뿐만 아니라, 절망에 빠진 모든 사람들의 수호신이며 위안자였다.

내가 나의 슬픔을 황후의 흉상 앞에서 털어놓고 있던 어느 날 오후, 정체를 알 수 없는 웬 사람이 나와 황후 사이에 끼어들었다. 진열장 유리에 비친 그 사나이의 모습은 마치 석탄독에 빠졌던 것처럼 거무튀튀했다. 입은 비뚤어지고, 코는 울퉁불퉁한데다가 머리카락은 제멋대로 곤두섰고, 시선마저 공포로 가득 차 있었다. 한쪽 눈은 꿰매져 있었고, 나머지 눈은 흡사 카인의 눈처럼 커다랗게 열려 있었다. 잠시 동안 나는, 이 가엾은 피후견인이 바로 나 자신이라는 사실을 깨

닫지 못한 채 뚫어져라 그를 응시했다.

바로 그 순간 설명할 수 없는 희열감이 나를 사로잡았다. 나는 그저 내가 몸은 마비되고 말도 못하는데다가 아무런 기쁨도 느낄 수 없이 말미잘처럼 흐느적거리는 몸을 이끌고 귀양살이를 하는 보잘것없는 처지인 줄로만 알았는데, 몰골까지 이렇게 끔찍할 줄이야. 나는 신경질적으로 미친 듯이 웃어대기 시작했다. 그렇게라도 해야 내 운명을 바꿔 놓은 그날의 사고 이후, 줄곧 내가 감당해야 했던 불운을 농담으로 돌릴 수 있을 것 같았다. 외제니 황후는 나의 이같은 발작적인 웃음에 처음엔 몹시 당황했으나, 곧 전염이 되었다. 우리는 눈물이 날 정도로 함께 웃어댔다. 그때 마침 시립 악단이 왈츠를 연주하기 시작했고, 나는 기분이 좋은 나머지 실례가 되지 않는다면 외제니 황후에게 춤이라도 청하고 싶은 심정이었다. 우리는 대리석 바닥을 지칠 줄 모르고 뱅뱅 돌았을지도 모른다. 그날 이후 회랑 앞을 지날 때마다 나는 외제니 황후가 어쩐지 나를 비웃는 것 같은 기분이 든다.

Cinecitta

치네치타

1OO미터 고도에서 요란스런 굉음을 내며 오팔 해안을 날아다니는 경비행기에서 내려다본다면, 해양병원은 아주 그럴듯한 구경거리일 것이다. 웅장하면서도 지나치게 장식적인 형태와 북프랑스 건축 양식의 전형적인 벽돌담으로 에워싸인 병원은, 잿빛 영불 해협과 베르크시 사이에 가로놓인 모래밭에 덩그러니 내려앉은 형상이다. 병원의 가장 아름다운 정면 박공에는, 파리의 공공 샤워장이나 공립학교와 마찬가지로 '파리

시(Ville de Paris)'라고 씌어 있다. 제2제정시대에 파리 병원의 기후가 맞지 않은 어린이 환자들을 데려다 돌보기 위하여 설립된 이 별관은, 아직도 당시의 치외법권 지대로서의 지위를 유지하고 있다.

행정구역상으로는 파 드 칼레에 속하지만, 보건의료법상으로 우리는 센 강변에 자리한 셈이다.

통로를 통해 한없이 이어지는 병원 구조는 그야말로 미로 그 자체라고 할 수 있으며, 소렐 병동에서 길을 잃은 메나르 병동 환자(주요 병동의 명칭은 유명한 외과 의사들의 이름에서 따왔다)를 마주치는 경우도 적지않았다. 엄마 품에서 억지로 떼어 놓은 어린아이처럼 불안에 떠는 눈초리를 한 이들 가엾은 환자들은, 절망에 빠져 목발에 몸을 의지한 채 "길을 잃었어요"라며 울먹인다. 들것 운반 담당자들의 말을 빌리자면 '소렐'인 나는 길을 잘 찾는 편이지만, 문병차 들렀다가 나를 운반하게 되는 친구들의 경우는 사정이 다르다. 나는 초

심자들이 길을 찾다가 엉뚱한 곳으로 가더라도 초연하게 입을 다물고 있는 버릇이 생겼다. 내가 모르고 있던 장소, 처음 보는 얼굴들을 발견할 수 있는 기회도 되거니와, 때로는 주방의 음식 냄새를 맡을 행운을 잡는 수도 있기 때문이다. 혼수 상태에서 벗어난 직후 바퀴의자에 앉아 산책길에 나섰을 무렵, 우연히 등대를 발견한 것도 길을 잃은 덕분이었다. 길을 잘못 들어 헤매던 계단참을 돌아설 때, 갑자기 눈앞에 등대가 나타났다. 날아갈 듯 솟아오른 날씬한 자태를 럭비 선수의 유니폼을 연상시키는 흰 줄무늬와 빨간 줄무늬로 치장하여, 강하면서도 안정감 있어 보였다. 나는 즉석에서 뱃사람들을 지켜 주는 우애의 상징인 이 등대를 나의 수호신으로 삼기로 했다. 고독이라는 바다에 빠져 허우적거리는 환자들의 벗.

그 이후로 우리는 늘 가까이 접촉하고 있으며, 나는 병원에 대한 내 상상의 지도 속에 자리잡은 아주 중요한 구역인 치네치타에 갈 때마다 꼭 등대에도 들른다.

치네치타는 소렐 병동에 딸린 적막한 테라스에 내가
붙인 이름이다. 남쪽을 향하고 있는 이 널찍한 발코니
는, 빛바랜 영화의 무대장치처럼 시적이면서도 비현실
적인 매력을 지닌 풍경 속으로 뚫려 있다. 베르크시 교
외의 마을들이 전동차 모형처럼 시야에 들어온다. 모
래언덕의 발치에 흩어져 있는 몇몇 가건물은, 서부 개
척시대의 유령 마을 같은 착각을 불러일으킨다. 너무
도 하얀 바닷물의 거품은 마치 특수 효과 광선 속에서
빠져나온 듯하다.

　나는 며칠이고 하루 종일 치네치타에 머물러 있을
수 있다. 그곳에서는 내가 전 세기를 통틀어 가장 위
대한 영화감독이 될 수 있다. 시내를 배경으로 〈악의
갈망〉의 첫 장면을 찍는다. 해변으로 무대를 옮겨 '환
상적인 기마 행렬'의 이동 촬영 장면을 다시 한 번 시도
해 볼 수 있으며, 먼바다로 나가서는 〈문플리트(Moon-
fleet)〉의 해적선 돌풍을 새로이 찍어 보고 싶다. 아니
면 나 자신이 풍경 속으로 들어가 버릴 수도 있다. 나

를 이 세상과 이어 주는 것이라곤 마비된 내 손가락을 어루만져 주는 부드러운 친구의 손길밖에 없다. 나는 얼굴엔 온통 파란 물감을 칠하고, 머리엔 다이너마이트를 칭칭 감은 미인 피에로가 된다. 성냥불을 그어대고 싶은 충동이 순식간에 구름결처럼 나를 스쳐간다. 어느새 해가 지고 파리행 마지막 기차가 떠날 시간이 되면, 나는 병실로 돌아가야 한다. 나는 겨울이 오기를 기다린다. 따뜻하게 옷을 껴입고 어두운 밤이 찾아올 때까지 바닷가를 배회할 수 있을 텐데. 저녁 해가 지고 나면, 그 뒤를 이어 등대가 수평선 하나 가득 희망의 빛을 발하는 광경을 지켜볼 수 있을 텐데.

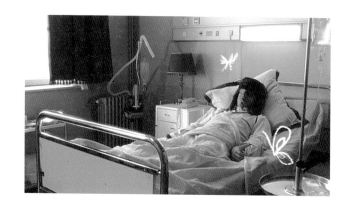

날개 꺾인 새,

목소리를 잃은 앵무새,

불길한 전조의 새,

우리들이 병원의 풍경을 망치고 있음은

나도 잘 안다.

Les touristes

뜨내기 관광객

전쟁 직후 극성을 부렸던 결핵환자들을 받은 이후로, 베르크 병원은 차츰 어린이 병원으로서의 설립 취지와는 멀어져 갔다. 요즈음에는 오히려 고령으로 인한 몸과 마음의 질환을 치료하느라 분투하고 있다. 하지만 노인병도 지극히 다양한 이 병원의 취급 분야 중아주 작은 일부에 지나지 않는다. 환자 전체를 한 폭의커다란 그림이라고 한다면, 우선 그림의 한 끝을 차지하고 있는 스무 명가량의 장기 의식불명 환자들을 꼽

아야 할 것이다. 끝도 알 수 없는 어둠의 수렁 속에 영원히 잠겨 버린 이들 가엾은 육체는 죽음을 눈앞에 두고 있다. 이런 환자들은 늘 병실에만 누워 있다. 그렇지만 다른 모든 사람들이 이들의 존재를 알고 있으며, 이로 인하여 다른 환자 집단이 갖는 불안한 마음은 배가된다. 사그라져 가는 일단의 늙은 생명들과는 대조적으로, 그림의 반대편에는 뻔질뻔질한 얼굴을 한 몇몇 비만 환자들도 자리하고 있다. 이들의 거대한 체구를 축소시키는 것이 의사들의 희망이다. 이런 양극 사이에 자리한 중심부에는 놀라우리만큼 많은 절름발이 환자 그룹이 형성되어 있다. 운동중에 다친 사람, 교통사고를 비롯한 각종 사고로 거동이 자유롭지 못한 사람들이 부러지거나 금이 간 팔다리를 고치기 위하여 베르크 병원을 찾는다. 나는 이런 사람들을 '뜨내기 관광객'이라고 부른다.

그리고 이 그림을 완성시키기 위해서는, 신경과 병동의 후미진 복도에 둥지를 튼 우리 같은 사람들을 첨

가해야 할 것이다. 날개 꺾인 새, 목소리를 잃은 앵무새, 불길한 전조의 새, 우리들이 병원의 풍경을 망치고 있음은 나도 잘 안다. 뻣뻣하게 굳어 버린 몸에다가 변변한 인사말도 건네지 못하면서, 우리보다는 운이 좋은 다른 환자들 그룹을 지나칠 때면, 우리로 인하여 순식간에 분위기가 어색해져 버리는 것을 누구보다도 잘 안다.

이같은 현상을 관찰하기에 안성맞춤인 장소는 물리치료실이다. 재활치료를 받는 환자는 누구나가 거쳐가는 곳이기 때문이다. 이곳은 진정으로 소란스럽고 생기가 넘치는 기적의 정원이라고 할 만하다. 부목과 의족을 비롯하여 제법 복잡한 각종 인공 보철기구가 부딪치는 소음 속에서 오토바이를 타다 다리를 다친 젊은이, 사다리에서 떨어져 다시 걸음마를 배우는 트레이닝복 차림의 할머니, 어쩌다가 지하철에서 한쪽 다리를 잃어버렸는지 영문조차 모르는 떠돌이들이 한데 어울린다. 양파처럼 겹겹이 둘러앉은 이 사람들이 치료사의 한가로운 감시하에서 팔다리를 흔들어대는 동안, 나는 경사진 판 위에 누워 있다. 판을 점차 들어올려 지면과 직각이 되도록 한다. 나는 매일 아침 30분 동안을 이렇게 매달려 있어야 한다. 모차르트의 오페라 〈돈 조반니〉의 마지막 부분에 나타나는 기사장 앞에서, 초긴장한 상태로 차려 자세를 하는 장면이 떠오른다. 아래에서는 사람들이 웃고 농담을 하며 서로를 불러댄다. 나도 그 즐거운 북새통에 한몫 끼고 싶지만, 나의 한 개밖에 없는 눈이 그들에게로 향하는 순간 청년이며 할머니, 그리고 떠돌이 절름발이들이 모두 고개를 돌려 천장에 부착된 화재경보기만을 뚫어지게 응시한다. '뜨내기 관광객'들은 아마도 불이 날까봐 무척 겁이 나는 모양이다.

Le saucisson

소시지

매일 아침 수직으로 서기 훈련이 끝나면, 나는 다시 들것에 실려 물리치료실을 나와 내 침대 곁에서 간호보조사들이 나를 침대에 뉘어 줄 때까지 기다린다. 이때가 거의 12시경이므로 나를 들어다 준 사람은 어김없이 계산된 명랑한 투로 "점심 맛있게 드세요"라고 인사한다. 다음날까지 잘 있으라는 인사에 해당한다. 하지만 이 인사말은 한여름에 "메리 크리스마스"라고 한다거나, 대낮에 "안녕히 주무세요" 하는 거나 마찬가지로 경우에 맞지 않는다. 지난 8개월 동안 내가 먹은 것이라고는 레몬을 탄 물 몇 방울과 요구르트 반 숟가락이 고작이었으나, 그것마저도 기관지로 잘못 넘어가 애를 먹었다. 병원측에서 과장적으로 '음식 섭취 시도'라고 명명한 이 모험은, 그다지 전망이 있어 보이지 않는다. 그렇지만 그렇다고 해서 내가 아사를 할 정도는 아니니 안심하시라. 위와 연결된 존데를 통해 투여되는 두세 병 분량의 갈색 물질이 나의 하루분 필요 열량을 충당해 준다. 다만 감각적 즐거움을 위해서라면 머릿속에 아직도 선명하게 남아 있는 맛과 냄새에 대한 기억에 의존하는 수밖에 없다. 기억이야말로 감각의 무궁무진한 보고이다. 먹고 남은 음식만을 가지고도 새롭게 먹을 수 있도록 조리하는 기술을 가진 사람들이 있다. 나에게는 기억을 더듬어 오래오래 음미하는 기술이 있다. 내 기억 속에서는 아무 때고 식탁에 앉을 수 있으며, 까다로운 절차도 필요 없다. 예를 들어 식당에 간다 하더라도 예약을 할 필요가 없다. 내가 직접 요리를 하는 경우에는 백발백중 대성공이다.

부르고뉴 스튜는 먹음직스러울 만큼 적당히 기름기가 흐르며, 쇠고기 젤리는 투명해서 신선한 내용물이 한눈에 들어오며, 살구 파이는 알맞게 새콤하다. 기분에 따라 가끔 달팽이 요리 한 접시와, 푸짐하게 돼지고기를 썰어 넣은 슈크루트〔양배추 절임 요리〕에다가 '늦게 수확한 포도로 생산'했다는 품질보증서가 붙은 게뷔르츠트라미네르 포도주 한 병을 곁들이기도 하고, 때로는 간단하게 계란 반숙과 버터를 바른 가느다란 빵만을 먹기도 한다. 음, 그 맛이란! 따뜻한 계란 노른자위가 입천장을 지나 목구멍으로 서서히 내려온다. 소화불량을 걱정할 필요도 없다. 나는 물론 가장 좋은 재료만을 엄선해서 쓴다. 제일 신선한 채소, 바다에서 금방 잡아올린 생선, 적당히 기름기가 도는 고기. 모든 재료는 엄격한 요리 규칙에 따라 조리되어야 함은 두말할 나위도 없다. 보다 더 확실하게 하기 위하여, 한 친구는 내게 세 가지의 서로 다른 고기를 가늘게 썰어 똘똘 감아서 만드는 원조 트루아 순대 비법을 보내 오기도 했다. 뿐만 아니라 나는 계절의 변화도 철저하게 고려해 넣는다. 그렇기 때문에 요즈음에는 멜론과 붉은 과실류로 내 미각을 상쾌하게 하고 있다. 굴과 불치고기는 가을에나 음미할 작정이다. 하긴 그때까지 입맛이 유지되어야 할 테지만. 왜냐하면 성찬을 즐기다가도 곧 제정신으로 돌아와 금욕 생활에 만족해야 하기때문이다. 초기에는 결핍감 때문에 끊임없이 음식 창고를 들락거리지 않을 수 없었다. 폭식을 한 셈이다. 하지만 이제는 내 머릿속 한구석에 늘 매달려 있는 마른 소시지 한 줄 정도면 만족스럽게 여긴다. 농가에서 직접 손으로 만들어 모양도 울퉁불퉁한 리옹 소시지를 적당히 말려, 두툼하게 서너 조각 썰어먹으면 그것만으로도 충분하다. 한 조각 한 조각 씹기도 전에 이미 혓바닥에서 살살 녹는 듯하다. 소시지로 인한 이같은 즐거움의 내력은 이미 40년 전으로 거슬러 올라간다. 사탕을 좋아해야 할 나이에, 나는 이미 사탕보다 햄이나 소시지를 더 좋아했다. 나는 라스파유가에 자리한 외할아버지의 음침한 아파트를 방문할 때마다, 외할아버지를 돌봐 주시던 간호사에게 소시지를 달라고 애교

섞인 혀짜래기 소리로 졸라댔다. 어린아이와 노인네들의 식욕을 부추기는 데 남다른 재주가 있었던 이 간호사는, 내게 매번 소시지를 주더니만 급기야는 사망 직전의 외할아버지와 결혼까지 하셨다. 이 전격적인 결혼이 집안에 불러일으킨 파문이 클수록 소시지를 얻어먹는 내 기쁨도 비례적으로 배가되었다. 외할아버지에 대해서는 희미한 기억밖에 없다. 어둠 속에 누워 계셨던 것과, 당시에 통용되던 500프랑짜리 지폐의 빅토르 위고를 상기시키는 엄격한 얼굴 모습만이 떠오를 뿐이다. 외할아버지보다는 오히려 내 장난감과 책더미 사이에 걸려 있던 엉뚱한 소시지 조각에 대한 기억이 훨씬 선명하다. 그 소시지보다 더 맛있는 소시지를 앞으로는 먹을 수 없을까봐 두렵다.

내 몸을 항상 옥죄고 있는 보이지 않는 잠수종이

어느 정도 느슨하게 풀어지는 느낌이다.

L'ange gardien

수호천사

상드린느의 하얀 가운에 달려 있는 명찰에는 언어장애치료사라고 적혀 있지만, 수호천사라고 읽는 편이 더 잘 어울린다. 내게 의사소통 체계를 마련해 준 사람이 바로 상드린느이니, 그녀가 아니었다면 나는 벌써 오래전에 세상으로부터 완전히 격리되었을 것이다. 하지만 유감스럽게도 내 친지들 대부분은 병원에 와서 이 방법을 익혔지만, 병원 직원 중에서는 상드린느와 심리학자만이 이 방법을 사용할 줄 안다. 그러므로 나는 주로 눈을 깜박인다거나 고개를 끄덕이는 정도의 몇 안 되는 제스처만으로 문을 닫아 달라, 변기 손잡이를 고쳐 달라, 혹은 TV 볼륨을 줄여 달라거나 베개를 높여 달라는 요구를 전달해야 한다. 매번 성공하지는 못한다. 시간이 경과함에 따라 나는 이처럼 강요된 고독을 통해 일종의 체념을 터득했으며, 병원 구성원을 크게 두 집단으로 나눌 수 있음을 발견했다. 내가 던진 SOS 신호를 어떻게 해서든 이해하려는 대다수 성심파 직원과, 그와는 반대로 내 구원 요청 신호를 못 본 체하고 지나가 버리는 유형의 무관심파가 그 두 그룹이다. 보르도와 뮌헨팀의 축구 경기 전반전이 끝났을 때 "안녕히 주무시라"는 인사말만 남기고, 매정하게 TV를 꺼버리고 나가는 눈치 없는 직원은 후자에 속한다. 이같은 의사소통의 단절은 단순한 불편함을 넘어서 중압감으로까지 느껴진다. 그러는 만큼 하루에 두 번 상드린느가 병실 문 안으로 들어와서는, 미안함을 감추지 못하는 어린아이의 표정으로 모든 불편함을 대번에 해소시켜 줄 때 느끼는 위안감은 말로 이루 표현하기 어려울 정도이다. 내 몸을 항상 옥죄고 있는 보이지 않는 잠수종이 어느 정도 느슨하게 풀어지는 느낌이다.

언어장애치료요법은 일반에게 좀 더 널리 알려질 만한 가치가 있는 치료법이다. 프랑스어의 모든 음을 발음하기 위하여, 우리도 모르는 사이에 우리의 혀가 얼마나 많은 동작을 기계적으로 반복하는지를 정상인들은 상상하기 어려울 것이다. 요즈음에 나는 'L' 발음을 연습중이다. 자기가 만드는 잡지의 이름도 제대로 발음하지 못하는 한심한 편집장이라니. 운이 좋은 날에는 계속되는 발작적인 기침에도 불구하고 몇몇 음소를 소리로 만들어 밖으로 쏟아내는 데 성공하기도 한다. 내 생일에 맞추어 상드린느는, 나로 하여금 남이 알아들을 정도로 똑똑하게 알파벳을 발음하도록 하는 개가를 올렸다. 이보다 더 값진 생일 선물이 있을까. 나는 내 귀로 똑똑히 나이를 초월한 쉰 목소리가 죽음의 심연으로부터 스물여섯 개의 알파벳을 건져올리는 소리를 들었다. 기력을 소진시키는 이같은 연습 과정을 거치면서, 나는 내가 언어를 처음으로 발견하는 동굴의 원시인 같다는 생각을 하곤 한다. 가끔씩 걸려 오는 전화 때문에 이 훈련이 중단되기도 한다. 친지들에게 상드린느가 오는 시간에 맞추어 전화를 하도록 부탁했기 때문이다. 전화를 통해 마치 나비를 잡듯이, 친지들의 삶의 한 귀퉁이를 붙잡아 볼 수 있다. 내 딸 셀레스트는 조랑말 등에 올라탔던 이야기를 자랑스럽게 늘어놓는다. 셀레스트는 5개월만 지나면 아홉 살이 된다. 아버지는 두 다리로 서 계시기가 힘들다고 하소연하신다. 벌써 아흔세 살이신데, 그만하면 건강하신 편이다. 딸과 아버지는 나를 에워싸고 보호해 주는 사랑이라는 고리의 두 중심점이다. 나는 때때로 일방 통행식 대화로 만족해야 하는 상대방이 무슨 생각을 할지무척 궁금하다. 나 자신은 번번이 마음이 요동할 정도로 감정을 제어하기가 힘들다. 다정한 친지들의 전화에 침묵이 아닌 아무 말이라도 한마디 할 수 있다면 얼마나 기쁠까. 개중에는 나의 침묵을 견디지 못하는 사

람들도 있다. 사랑하는 플로랭스는 상드린느가 내 귀
에 바짝 대주는 송수화기에 내가 큰 소리로 숨소리라
도 들려주지 않으면, 근심에 차서 "장 도, 듣고 있나
요?"를 연발한다.

　때때로 나는 내가 듣고 있는지조차 잘 모를 때가 있
다고 고백하지 않을 수 없다.

내가 해 드린 면도가

이발사 피가로의 솜씨보다 나았었으면 다행이겠다.

La photographie

사 진

아버지를 마지막으로 뵌 날, 나는 아버지의 수염을 면도해 드렸다. 내가 사고를 당한 바로 그 주였다. 아버지가 몸이 편찮으셔서 나는 튈르리 공원 근처에 있는 아버지의 작은 아파트에서 하룻밤을 지내고, 아침에 우유를 넣은 차를 한 잔 끓여 드린 후, 며칠 동안 자란 수염을 깎아 드리기로 했다. 이 장면은 내 기억 속에 깊이 아로새겨져 있다. 신문을 보실 때 즐겨 앉으시는 붉은색 펠트천 소파에 몸을 푹 파묻으신 채 아버지는 면도날의 날카로운 감촉에 용감하게 당신의 처진 볼을 맡기셨다. 나는 커다란 수건을 앙상한 아버지의 목 주위에 펼쳐 놓고, 얼굴에는 면도용 비누거품을 듬뿍 발랐다. 불거져 나온 정맥 때문에 군데군데 가늘게 홈이 파인 아버지의 피부를 지나치게 성나게 하지 않기 위해 조심했다. 피곤 때문에 두 눈은 쑥 들어갔고, 우뚝 솟은 코는 앙상해진 얼굴 때문에 더욱 강해 보이지만, 여느 때처럼 큰 키에 백발을 흩날리시는 아버지의 모습은 당당했다. 아버지와 나를 에워싼 방 안에는 한평생의 추억이 잡동사니마다 층층이 쌓여, 노인네 방 특유의 혼잡스러움을 이루고 있었다. 오래된 잡지, 듣지도 않는 레코드판, 용도를 알 수 없는 온갖 물건들과 지나간 시절의 사진들이 어우러져, 마치 하나의 커다란 거울처럼 이제까지 걸어온 삶을 비추어 주고 있었다. 제1차 세계대전이 시작되기 전 굴렁쇠놀이를 하는 해병 시절의 아버지, 말을 타고 있는 여덟 살박이 내 딸, 흑백으로 찍은 미니 골프장에서의 내 모습. 아마도 그때 나는 열한 살쯤 되었던 것 같다. 배추 모양의 귀를 드러낸 나는, 약간 미련해 보일 정도로 모범생 같은 차림이라 눈살이 찌푸려진다. 그도 그럴 것이 나는 당시에도 이미 소문난 사고뭉치였기 때문이다.

나는 아버지가 좋아하는 향수를 뿌려 드림으로써 나를 낳아 주신 분에 대한 이발사로서의 서비스를 모두 마친다. 그러고 나서 우리는 작별인사를 한다. 어쩐 일인지 이날만큼은 아버지께서 책상 속에 자신의 마지막 유언을 적어 놓으신 편지가 정리되어 있다는 말씀을 하지 않으셨던 것으로 기억한다. 그날 이후 아버지와 나는 다시 만나지 못했다. 나는 나의 의지와는 전혀 관계없이 베르크의 휴양지를 떠나지 못하게 되었고, 아버지는 아버지대로 아흔두 살이라는 고령 때문에 아버지의 아파트 계단도 못 내려오실 형편이었기 때문이다. 어떤 의미에서는 둘 다 '로크드 인 신드롬' 환자인 셈이다. 나는 마비된 내 몸 속에 갇혔고, 아버지는 4층 계단 때문에 발목이 묶이셨다. 이제는 매일 아침 남이 나를 면도해 주는 형편이다. 간호보조사가 일주일 동안이나 날을 갈지 않은 면도칼로 그런대로 열심히 내 볼을 면도해 줄 때마다, 나는 자주 아버지 생각을 한다. 내가 해 드린 면도가 이발사 피가로의 솜씨보다 나았으면 다행이겠다.

아버지가 이따금씩 내게 전화를 하시므로, 누군가가 내 귀에 송수화기를 대주면 약간 떨리지만 온정에 넘치는 아버지의 목소리를 들을 수 있다. 대답을 들을 수 있을지 없을지도 모르는 상태의 아들에게 말을 한다는 것이 결코 쉬운 일은 아닐 것이다. 아버지는 또 미니 골프장에서 찍은 내 사진을 보내 주셨다. 나는 처음엔 도저히 영문을 알 수 없었다. 누군가가 사진의 뒷면을 보여주지 않았더라면, 나는 두고두고 그 이유를 몰랐을 것이다. 그제서야 내 머릿속에서는 그 동안 잊고 있었던 어느 봄날의 주말 광경이 영화 필름처럼 풀려 나가기 시작했다. 부모님과 나는 바람이 몹시 불고 약간 음산한 한 마을에서 산보를 하던 참이었다. 틀이 잘 잡힌 또박또박한 글씨체로 아버지는

사진 뒤쪽에 베르크 쉬르 메르, 1963년 4월이라고만
적어보내셨다.

나는 내 운명을 되돌려 놓기 위해서,
지체마비자가 아닌 달리기 선수가 화자로 등장하는
대하소설을 쓰려고 생각하고 있다.

Une autre coïncidence

또 다른 우연

알렉상드르 뒤마의 애독자들에게 그의 작중 인물 가운데 누가 되고 싶은가고 묻는다면, 십중팔구는 아마도 다르타냥과 에드몽 단테스를 꼽을 것이다. 《몽테크리스토 백작》에 등장하는 고약한 인물인 누아르티에 드 빌포르가 되고 싶다고 하는 사람은 한 명도 없을 것이 확실하다. 뒤마 자신이 날카로운 시선을 가진 시체, 이미 4분의 3은 무덤에 발을 들여 놓은 자라고 묘사한 이 중증 장애자는, 단순히 우리의 상상력을 자극한다기보다 전율시킨다고 하는 표현이 더 잘 어울린다. 그는 무시무시한 비밀을 알고 있는 유일한 증인으로서 평생을 바퀴의자에서 의기소침하게 보냈다. 눈을 깜박이는 것만이 그의 유일한 의사소통 수단이었다. 한 번 깜박이면 네, 두 번은 아니오, 이런 식이었다. 이렇게 볼 때, 그의 손녀딸의 표현을 빌리자면 마음 좋은 누아르티에 할아버지는 이제까지의 문학사에 나타난 처음이자 유일한 '로크드 인 신드롬' 환자라고 할 수 있다.

사고 직후의 깊은 혼수 상태에서 벗어나 정신을 차리게 되자마자, 나는 이 마음 좋은 누아르티에 할아버지 생각을 많이 하였다. 최근에 다시 《몽테 크리스토 백작》을 새로이 읽으면서, 나는 더할 나위 없이 불리한 입장에 처해 있는 나 자신을 발견했다. 이 책을 다시 읽은 것은 결코 우연이 아니었다. 나는 이 소설의 무대를 현대로 바꾸어 다시 쓰려는 우상파괴적인 계획을 가지고 있었다. 물론 복수심이 이야기의 중심되는 주제임에는 변함이 없으나, 사건 설정은 우리 시대로 바꾸고 몽테 크리스토도 여자 주인공으로 바꾼다는 계획이었다.

하지만 이같은 불경스러운 계획을 실현에 옮길 시간이 없었다. 그럼에도 불구하고 불경죄의 대가를 치러야 한다면, 나는 기꺼이 당글라르 남작이나 프란츠 데피네 혹은 파리아 신부의 역할을 맡는다거나, 아니면 "명작을 가지고 섣부른 장난을 치면 안 된다"는 문구를 1만 번 쓰기 정도를 제의하였을 것이다. 하지만 문학의 여신과 신경과 수호신들은 내 의사와는 상관없는 벌을 내리셨다.

어떤 때에는 저녁 무렵 마음 좋은 누아르티에 할아버지가 긴 백발을 흩날리며, 1백 년도 더 되어 기름칠을 새로이 해야 할 정도로 삐걱거리는 바퀴의자에 앉아 우리 병동의 복도를 순시하고 있다는 느낌이 들기도 한다. 나는 내 운명을 되돌려 놓기 위해서, 지체마비자가 아닌 달리기 선수가 화자로 등장하는 대하소설을 쓰려고 생각하고 있다. 결과야 아무도 장담할 수 없지. 어쩌면 잘 될지도 몰라.

Le rêve

꿈

대개의 경우, 나는 내가 꾼 꿈을 잘 기억하지 못한다. 아침에 눈을 뜨면서 꿈의 시나리오를 잊어버리고, 영상 또한 영락없이 희미해져 버리게 마련이다. 그런데 왜 지난 12월에 꾼 꿈은 레이저 광선만큼이나 정확하게 내 기억 속에 남아 있는 것일까? 아마도 혼수상태의 한 특징일지도 모른다. 현실로 돌아갈 수 없는 상태이므로 꿈은 증발해 버리지 못하고, 오히려 반대로 똘똘 뭉쳐 기나긴 환상 효과를 만들어 연재소설처럼 문득문득 기억의 표면으로 떠오르는 것은 아닐까. 오늘 저녁에도 그때 꾼 꿈의 일부가 머릿속에 또렷이 떠오른다.

　꿈속에서는 함박눈이 펑펑 쏟아졌다. 나는 제일 친한 친구와 덜덜 떨며 폐차장을 지나오는데, 폐차장엔 이미 30센티미터 정도나 눈이 쌓여 있었다. 사흘 전부터 베르나르와 나는 전면 파업 상태로 거의 마비되다시피 한 프랑스로 돌아가려고 애를 쓰고 있는 중이었다. 이탈리아의 한 스키장에서 헤매던 중, 베르나르가 니스로 가는 협궤열차를 발견해 우리는 기차에 올라탔다. 하지만 국경 부근에서 파업 가담자들의 바리케이드 때문에 여행은 중단되고, 우리는 하는 수 없이 신사화와 춘추복 바람으로 기차에서 내려야만 했다. 주변 풍경은 을씨년스러웠다. 폐차장 위로 고가도로가 지나가고 있어서, 마치 고속도로를 달리다 50미터 아래로 추락한 자동차들이 겹겹이 쌓여 있는 듯했다. 우리는 남의 눈을 피해 이처럼 괴괴한 분위기가 감도는 곳에 사무실을 차린 영향력 있는 이탈리아 사업가와 만나기로 되어 있었다. 사망 위험이라는 경고와 감전시 응급 처치 방법이 붙어 있는 노란색 철문을 두드려야 했다. 문이 열렸다. 방의 입구는 상티에의 의복 공장을 연상시켰다. 옷걸이에는 재킷과 바지가 그득히 걸려 있었고, 와이셔츠가 들어 있는 상자가 천장까지 쌓여 있었다. 나는 전투복 차림에 손에는 기관단총을 쥐고 우리를 맞이하는 문지기가 누구인지, 그의 머리털 모양을 보고서 알아차렸다. 그는 세르비아의 우두머리인 라도반 카라직이었다. "내 친구는 호흡이 곤란하오"라고 베르나르는 그에게 말했다. 카라직이 테이블 한구석에서 나에게 기관 절개술을 실시하고 나서, 우리는 함께 유리로 된 화려한 계단을 통해 지하로 내려갔다. 벽에는 맹수의 가죽이 드리워져 있었고, 깊숙한 소파와 은은한 조명 때문에 사무실에는 나이트클럽 같은 분위기가 감돌고 있었다. 베르나르는 피아트사의 멋쟁이 총수 조반니 아넬리(이탈리아의 실업가)와 똑같이 생긴 이곳의 우두머리와 협상을 시작했다. 그러는 동안 레바

논 억양으로 말하는 여직원이 나를 바로 이끌었다. 유리잔과 술병 대신 플라스틱관이 천장으로부터 내려오는 모습은, 조난을 당한 비행기에서 산소 마스크가 내려오는 광경을 연상시켰다. 바텐더가 나에게 플라스틱 관을 입에 넣으라고 손짓했다. 나는 그대로 실시했다. 생강 맛이 나는 갈색 액체가 흘러나오기 시작했으며, 이내 더운 기운이 발끝부터 머릿속까지 내 몸 전체에 퍼졌다. 시간이 어느 정도 지난 후에, 나는 이제 그만 마시고 의자에서 내려오고 싶어졌다. 그렇지만 나는 계속해서 꿀꺽꿀꺽 액체를 삼킬 뿐 다른 동작이라곤 전혀 할 수가 없었다. 나는 바텐더의 주의를 끌기 위해 당황한 표정을 지어 보였다. 그러나 그는 수수께끼 같은 미소를 지어 보일 뿐이었다. 내 주위에서는 사람들의 얼굴과 목소리가 해체되어 갔다. 베르나르는 내게 무어라고 말했으나, 아주 느리게 그의 입으로부터 밖으로 새어나오는 소리는 도저히 알아들을 수가 없었다. 그 대신 내 귀에는 라벨[프랑스의 작곡가]의 〈볼레로〉만 들려왔다. 나를 완전히 약물로 중독시킨 모양이었다.

아주 오랜 시간이 흐른 다음, 나는 싸우는 광경을 목격했다. 레바논 억양의 여직원은 자기의 등에 나를 업고 계단으로 올라갔다. "우리는 떠나야 해요. 경찰이 오고 있어요." 밖에는 벌써 어둠이 내려 있었고, 눈은 오지 않았다. 차가운 바람 때문에 숨조차 쉴 수 없었다. 고가도로 위에 설치된 탐조등으로부터 퍼져 나오는 불빛은 버려진 차체 더미 속을 뒤지는 듯했다.

메가폰으로부터 "항복하라, 너희들은 포위됐다!"는 외침이 들렸다. 우리는 도망치는 데 성공했지만, 나에게는 그때부터 동시에 끝없는 방황이 시작되었다. 꿈속에서 나는 몇 번이고 도망치려 했지만, 기회가 생길 때마다 보이지 않는 무력감 때문에 단 한 발짝도 떼어 놓을 수가 없었다. 나는 말하자면 뻣뻣한 조각이었고 미라였으며, 유리관에 갇힌 상태였다. 오로지 한 짝의 문만이 나를 자유 세계로부터 갈라 놓고 있다고 하더라도 나는 그 문을 열어젖뜨릴 힘이 없었다. 내 불안은 이것으로 그치지 않는다. 이상한 사이비 종교의 인질이 된 나는, 내 친구들이 나와 같은 상황에 처하게 될까봐 두렵다. 무슨 수를 써서라도 친구들에게 이를 알리려고 애를 쓰지만, 꿈속의 세계도 내가 처한 현실과 일치한다. 나는 단 한마디도 말을 할 수가 없다.

La voix off

내면 독백

어떤 때에는 기분 좋게 깨어날 경우도 있다. 1월 말 내가 혼수 상태에서 깨어났을 때, 어떤 남자가 내 쪽으로 몸을 숙이고서 바늘과 실로 마치 구멍난 양말을 깁듯이 나의 오른쪽 눈꺼풀을 꿰매고 있었다. 나는 문득 설명하기 힘든 불안감에 사로잡혔다. 혹시 이 안과 의사가 내친 김에 세상과 나를 이어 주는 유일한 끈, 지하 감옥의 유일한 창문, 잠수종에 뚫린 유일한 현창인 왼쪽 눈마저 꿰매 버린다면? 다행스럽게도 나는 창

없는 캄캄한 밤의 세계로 떨어지지는 않았다. 의사는 솜이 깔린 양철 상자 속에 자기의 도구를 조심스럽게 챙긴 후, 재범자에 대한 본보기로 무거운 형을 요구하는 검사 같은 목소리로 "6개월" 하고 말했을 뿐이다. 성한 눈으로 나는 질문이 있다는 신호를 거듭 보냈으나, 그는 허구한 날 남의 눈동자를 들여다보는지는 몰라도 남의 시선에 담긴 메시지를 읽지는 못하는 모양이었다. 그는 무관심하고 건방지며 퉁명스럽고 교만하기 짝이 없는 의사의 전형이었다. 말하자면 환자들에게 아침 8시에 오라고 해놓고선, 자기는 9시에나 나타나서 환자들에게 45초라는 귀중한 시간을 할애한 후, 9시 5분이면 진료실을 나가는 그런 의사였다. 겉모습만으로는 작달막하고 고르지 못한 체격에, 가분수처럼 머리통만 커다란 공포의 막스를 닮았다. 다른 환자와도 별로 대화가 없는 그 의사는, 나 같은 유령과 만나면 설명하는 데 드는 침삼키기도 아까운지 도망치듯 자리를 피하기 일쑤였다. 나는 왜 의사가 6개월 동안 내 눈을 봉해 놓았는지를 겨우 알게 되었다. 눈꺼풀이

움직이는 보호막으로서의 구실을 못하는 상태에서는
각막궤양의 위험이 있기 때문이었다.

   시간이 경과함에 따라 나는, 병원측에서 장기 입원
환자들에게서 나타나기 마련인 병원측에 대한 불신감
을 한곳으로 집중시키기 위하여, 일부러 그렇게 무뚝
뚝한 의사를 고용하는 것은 아닌지 의문을 품게 되었
다. 그는 일종의 희생양인 셈이었다. 만일 소문대로 그
가 병원을 떠난다면, 나는 누구를 도마 위에 올려놓을
것인가? 그가 늘 입에 달고 다니는 "두 겹으로 보이지
않습니까?"라는 질문에, 내 마음 깊은 곳에서 혼잣말
로 "그렇소. 머저리가 한 명이 아니라 두 명이 있는 것
으로 보이는군요"라고 대답하는 쾌감을 더 이상 맛보
지 못할 것이다.

   정상적으로 호흡하는 것만큼이나 가슴 뭉클하게 감
동하고 사랑하고 찬미하고 싶은 마음이 솟구친다. 친
구로부터 받은 편지, 엽서에 그려진 발튀스의 그림, 생

시몽이 쓴 한 편의 글이 흘러가는 시간에 의미를 부여한다. 하지만 미적지근한 체념 속에 안주하지 않으려면, 너무 적지도 너무 많지도 않은 적당한 양의 분노와 증오심도 간직하고 있어야 한다. 압력솥의 폭발을 막기 위해 안전밸브가 달려 있는 것과 똑같은 이치이다.

그러고 보니 내가 언젠가 내 경험을 토대로 써보려고 하는 희곡의 제목으로 '압력솥'이 나쁘지 않을 성싶다. 한때는 '눈'이라고 하려다가 '잠수종'이라는 제목으로 바꿔 보기도 했다. 독자들도 벌써 내용과 무대 배경을 짐작할 수 있을 것이다. 한창 일할 나이의 가장인 L씨가 심장 순환기 계통의 갑작스런 질환으로 '로크드 인 신드롬' 환자가 되어, 병상에서 새롭게 살아가는 법을 배운다는 이야기이다. 희곡에서는 병원이라는 세계에서 L씨가 겪는 일상 생활과 병으로 인해 L씨의 인간 관계, 즉 부인과 아이들, 친구, 그리고 그가 창립 멤버로 몸담고 있던 광고회사 동업자들과의 관계가 변해가는 과정이 주로 다루어진다. 야심 많으면서 냉소적이지만 실패라고는 모르고 살아왔던 L씨는 병마와 싸우는 과정에서 절망감을 배우고, 자기가 여태까지 확신하고 있던 가치들이 여지없이 무너져 내리는 것을 목격하며, 자기가 친지라고 믿었던 사람들이 실제로는 자기에게 타인이나 다름없다는 사실을 깨닫는다. 이같은 상황의 전개 추이는, L씨의 내면 독백을 관중들에게 들려주는 극중 내레이션을 통해 잘 관찰할 수 있다. 이제 작품을 쓰기만 하면 된다. 나는 이미 머릿속에서 마지막 장면을 완성시켜 두었다. 무대에는 전체적으로 어둠이 깔렸고, 한가운데 침대가 놓인 부분에만 후광이 비친다. 한밤중이라 모두들 잠이 들었다. 막이 올랐을 때부터 줄곧 꼼짝 못하고 누워만 있던 L씨가, 갑자기 이불을 걷어 젖히고 침대 아래로 뛰어내려 아주 비현실적인 조명이 비추이는 무대를 한 바퀴 돈다. 곧이어 모든 것이 어둠 속에 잠기고, 마지막으로 L씨의 내면 독백이 들린다. "제기랄, 꿈이었군."

어서 와요, 베이비.
이런 일쯤은 별거 아니죠.

Jour de chance

운수 좋은 날

오늘 아침, 동이 트자마자 119호 병실에서는 성가신 일들만 계속해서 벌어진다. 음식물 섭취를 조정하는 기구의 경보 장치가 30분 전부터 아무도 없는데 계속해서 울려댄다. 머리를 갉아먹는 듯한 이 끈질긴 삑삑 소리만큼 바보스럽고 절망적인 것이 또 있을까. 게다가 내 오른쪽 눈꺼풀을 봉해 놓았던 반창고가 땀 때문에 떨어져, 반창고에 붙은 속눈썹이 고통스럽게 내 동공을 찔러댄다. 설상가상으로 소변 배설 존데의

접속관이 빠지는 바람에, 나는 완전히 오줌벼락을 맞고 말았다. 구조의 손길을 기다리면서, 나는 앙리 살바도르가 부른 옛날 노래의 후렴을 계속해서 흥얼거렸다. "어서 와요, 베이비. 이런 일쯤은 별거 아니죠." 간호사가 부리나케 달려왔다. 기계적으로 TV를 켠다. 광고가 나온다. 미니텔의 '3617 억만장자' 사이트에서 "당신은 재산가가 될 유형입니까?"라는 질문에 많은 응답을 보내 달라고 재촉한다.

La trace du serpent

뱀의 자취

누군가가 농담삼아 내게 루르드로 성지 순례를 떠날 마음이 있느냐고 물으면, 나는 이미 다녀왔노라고 대답한다. 70년대 말이었다. 조제핀과 나는 함께 무전여행을 시도할 정도로 예사롭지 않은 관계였다. 이런여행에는 시시각각 의견 다툼이 있게 마련이므로 같이여행한다는 것은 무모하기 짝이 없는 짓이었다. 저녁에 어느곳에서 자게 될지, 어느 길로 해서 어느 장소에도착하게 될지조차 모르는 상태로 아침에 출발하려면,

외교관처럼 설득에 능란하거나 혹은 끊임없이 자기기
만 속에 안주하는 성격이거나 둘 중의 하나였다. 조제
핀은 나와 마찬가지로 두번째 부류에 속하는 여자였으
므로, 조제핀의 하늘색 고물 자동차는 일주일 내내 움
직이는 전쟁터로 전락하고 말았다. 운동이라고는 평생
해보지 않은 내가, 생애 처음이자 마지막으로 등산 연
수를 마친 악스레 테르므에서부터 조제핀의 삼촌 별장
이 위치한 바스크 해안의 작은 해수욕장 라 샹브르 다
무르에 도착할 때까지, 우리는 피레네 산맥의 멋진 경
치를 배경삼아 "나는 그런 말 한 적 없어"로 시작하는
설전의 전적을 남겼다.

이 대수롭지 않은 불화의 발단은 6,7백 페이지에 달
하는 두꺼운 한 권의 책 때문이었다. 검정과 빨강으로
꾸며진 겉장에 《뱀의 자취》라는 유혹적인 제목을 달고
있는 이 책은, 샤를 소브레이의 무용담을 묘사하고 있
었다. 샤를 소브레이는 봄베이나 카트만두 부근에서
서양 여행객들을 호려서 금품을 갈취하던 노상 강도

였다. 프랑스-인도 출신인 이 뱀의 이야기는 실화이다. 이 사실을 제외하고는 생각나는 내용이 전혀 없으며, 어쩌면 나의 기억이 완전히 틀렸을 수도 있다. 하지만 샤를 소브레이가 내게 굉장한 영향력을 행사했다는 것만은 확실하게 기억한다. 안도라를 지날 때까지만 해도 이따금씩 주위 풍경을 감상하기 위해 책에서 눈을 떼었으나, 미디의 정상에 도착하였을 때에는 전망대까지 산보하기 위해 차에서 내리자는 조제핀의 제안을 일언지하에 거절했다. 그날은 마침 산 전체에 노르스름한 안개가 끼어 시야를 가로막고 있었으며, 따라서 산책길에 나설 만한 명분도 서지 않았다. 그럼에도 불구하고 조제핀은 그곳에서 두 시간 동안이나 차를 세워 놓고 뾰로통해 있었다. 나를 사탄으로부터 구해 내려고 조제핀이 루르드에 가자고 했던 것일까? 어쨌든 나는 이 세계적으로 알려진 기적의 도시에 한번도 간 적이 없었으므로 두말 않고 동의했다. 어차피 독서로 들뜬 내 머릿속에서는 샤를 소브레이가 베르나데트 수비루와 혼동되었고, 아두르 강도 갠지스 강과 뒤

엉켜 있었다.

다음날 우리는 투르 드 프랑스(le Tour de France: 매년 7월 프랑스에서 개최되는 세계 최고 권위의 일주 사이클 대회) 코스의 일부분인 높은 고개를 자동차로도 힘겹게 넘어서, 찜통 같은 더위로 숨이 막힐 듯한 루르드에 도착했다. 조제핀은 운전을 했고, 나는 그 옆에 앉아 있었다. 손때가 묻어 두툼해지고 모양도 구깃구깃해진 《뱀의 자취》는 뒷좌석에 팽개쳐져 있었다. 아침부터 내내 감히 책을 집어들 용기가 나지 않았다. 조제핀이 내가 이국정취를 물씬 풍기는 소설에만 열중하는 나머지, 자기에게는 관심을 보이지 않는다고 투덜거렸기 때문이었다. 마침 시기적으로 순례자들이 모여드는 성수기라서 도시는 온통 만원사례였다. 그럼에도 불구하고 나는 호텔이란 호텔은 샅샅이 훑고 다녔다. 하지만 얻은 것이라고는 곤란해서 어깨를 으쓱거리거나, 혹은 유감스럽다는 호텔 종업원의 형식적인 인사치레뿐이었다. 비 오듯 흘러내리는 땀 때문에 셔츠는

옆구리에 달라붙었고, 조제핀과 다시금 말다툼을 하게
될지도 모른다는 불안감 때문에 초조해지기 시작했을
때, 마침 영국 호텔인가 스페인 호텔에서, 아니 발칸
호텔이었는지 기억이 확실치 않지만 좌우지간 한 호텔
직원이 예약이 취소된 방이 있음을 알려 주었다. 미국
에 사는 삼촌의 예기치 않은 죽음을 상속자들에게 전
하는 공증인의 엄숙한 말투였다. 네, 방이 있습니다.
나는 하마터면 "기적이군요"라고 말할 뻔했으나, 이곳
에서는 기적이라는 말을 함부로 쓰면 안 된다는 것을
본능적으로 직감했다. 엘리베이터는 들것이 여러 개 들
어갈 정도로 터무니없이 컸다. 하지만 샤워를 하면서
나는 이내 우리 방의 욕실에도 장애인들을 위한 편의
시설이 갖추어져 있음을 발견했다.

조제핀이 샤워를 하는 동안, 나는 수건 한 장만을
몸에 걸치고 목마른 자들을 위한 오아시스인 미니 바
를 공략하기 시작했다. 우선 단숨에 작은 생수 한 병
을 거뜬히 비웠다. 아 물병이여, 나의 마른 입술에 와

닿는 너의 유리목의 감촉을 영원히 기억하리라. 다음으로는 조제핀을 위한 샴페인 한 잔과, 내가 마실 진 토닉을 준비했다. 준비를 끝내고 나서 나는 황급히 샤를 소브레이의 모험담 속으로 전략적인 피신을 꾀하려 하였으나, 나의 예상과는 반대로 샴페인을 마신 조제핀은 관광 의욕이 더한층 고조되어 "마리아상을 보러 가고 싶어"를 연발하며 두 발을 모아 뛰는 모습이, 언젠가 사진에서 본 가톨릭 작가 프랑수아 모리악을 연상시켰다.

하는 수 없이 우리는 성지로 향했다. 하늘은 잔뜩 내려앉았고, 종교 계통 봉사자들이 미는 바퀴의자의 끝없이 이어지는 행렬과 더불어 오르막 언덕길로 접어들었다. 이 봉사자들은 벌써 여러 차례 이렇듯 사지가 마비된 환자들을 인도하고 있음이 첫눈에도 명백했다. "비가 오면 모두 성당 안으로 들어가세요." 행렬을 진두지휘하는 수녀님께서 한 손에는 묵주를 쥐고, 베일을 바람에 흩날리면서 소리쳤다. 나는 흘끔흘끔

환자들을 관찰했다. 마비된 손, 굳게 닫힌 얼굴, 자신의 무게에 짓눌려 일그러진 삶의 한 조각. 이들 중 한 명과 시선이 마주친 나는 애써 웃음을 지어 보였지만, 내 미소에 상대방은 혓바닥을 내미는 것으로 응답해 오는 바람에, 나는 큰 잘못이나 한 것처럼 얼굴이 온통 빨갛게 달아올랐다. 분홍색 운동화에 분홍색 진바지와 티셔츠 차림의 조제핀은 어두컴컴한 행렬 속에서 유난히 화사했다. 전통적인 사제복 차림의 성직자는 모두 이곳에서 만나기로 약속이라도 한 듯했다. 조제핀은 사제복 차림의 일단의 신부님들이, 그녀가 어린 시절에 배웠던 찬송가 "성모님께 무릎 꿇고 기도드립니다"를 부르기 시작하자 황홀경에라도 빠지는 것 같았다. 멋모르는 사람들이라면, 마치 유럽컵 축구 결승전이 열리는 파크 데 프랭스(파리에 있는 국립 축구 경기장)에라도 온 줄로 착각할 만큼 고조된 분위기였다.

동굴 입구의 널따란 광장에는 애절한 〈아베 마리아〉 가락이 울려 퍼지는 가운데, 입장 순서를 기다리는 사람들의 줄이 1킬로미터도 넘게 구불구불 이어져 있었다. 나는 모스크바의 레닌의 묘지 앞에서를 제외하고는 이렇게 긴 줄을 본 적이 없다.

"이렇게 오랫동안 기다릴 순 없어"라고 내가 말하자, "유감이야. 자기처럼 신앙심이 없는 사람에겐 좋은 기회일 텐데"라고 조제핀은 응수했다.

"그런 게 아니지. 오히려 위험할 수도 있다고. 건강한 사람이 여기 왔다고 치자. 기적이 일어나서 갑자기 사지가 마비되어 버릴지도 모르는 거라고."

그러자 여남은 명의 사람들이, 도대체 어떤 자가 이다지도 불경스러운 말을 하는지를 보려고 내 쪽으로 고개를 돌렸다. "바보 같으니." 조제핀이 조그만 소리로 나무랐다. 마침 소나기가 쏟아지는 바람에 주위가 어수선해졌다. 비가 한두 방울 떨어지기가 무섭게 이미 우산을 펴는 사람이 한 무리는 족히 되었으며, 대기에는 비에 젖은 더운 먼지 냄새가 피어올랐다.

군중 틈에 휩쓸려 우리는 요한네스 23세의 지하성당까지 밀려 들어갔다. 새벽 6시부터 자정까지 미사가 이어지는 이 성당은 거대한 기도소였다. 신부님 한 분이 감당하기 어려워, 한 분이 2,3번의 미사를 집전한 후에는 다른 분으로 바뀐다. 안내문을 읽어보니, 로마의 성 베드로 성당보다 더 넓은 루르드 성당의 중앙홀에는 점보 제트기가 여러 대 들어갈 수 있다고 한다. 나는 조제핀을 따라 빈 의자가 있는 줄로 갔다. 수없이 많은 확성기로부터 메아리치듯 미사 내용이 울려 퍼졌다. "하늘에 계신…… 계신…… 계신…… 하느님께 영광…… 영광……." 신부님의 목소리가 높아짐에 따라 선견지명이 있는 순례자인 내 옆사람은, 배낭에서 경마장용 쌍안경을 꺼내 미사 광경을 관찰했다. 다른 사람들은 고작해야 7월 14일의 혁명기념일 퍼레이드를 볼 때나 쓰는 간소한 전망경을 준비했을 정도였다. 조제핀의 아버지는 자신이 젊었을 때 지하철역 입구에서 이런 조잡스런 물건들을 파는 일부터 시작했다는 이야기를 내게 자주 들려주셨다. 지금은 라디오 방

송국의 어엿한 중진이 되셨다. 그래서 요즈음엔 유럽 왕가의 결혼식이며 지진·권투 시합 등, 잡화점식 뉴스를 전달하기 위해 왕년의 노점 상인으로서의 실력을 발휘하신다. 조제핀은 '쇼핑'을 하겠다고 한다. 나는 그럴 줄 알고 미리 기념품 상점이 즐비하게 늘어선 큰 길을 눈여겨보아 두었다. 중동 지역의 시장처럼 다닥다닥 붙은 작은 가게에서는 온갖 희한한 종교 관련 기념품들을 팔고 있었다.

조제핀은 수집광이었다. 오래된 향수병이나 젖소가 한 마리 혹은 떼지어 노닐고 있는 시골풍의 그림, 도쿄의 식당 진열장에서 흔히 볼 수 있는 가짜 음식 접시 등, 그녀의 잦은 여행길에서 만나는 가장 유치한 물건들을 모두 수집했다. 루르드에서 조제핀은 완전히 첫눈에 반할 만한 물건을 발견했다. 그 물건은 길 왼쪽의 네번째 상점 진열장에서 성녀상이 새겨진 목걸이와 뻐꾸기시계, 그리고 치즈 쟁반들 틈에 끼여 조제핀을 기다리고 있었다. 물건은 앙증스런 석고 흉상으로, 크리

스마스트리에 장식하는 작은 전구처럼 깜박거리는 후
광이 달려 있었다.

"어머, 이 성모 마리아상 좀 봐."

조제핀은 기뻐 날뛰었다.

"내가 선사하지."

나는 영악스런 장사꾼이, 딱 하나밖에 없는 귀한 물
건이라는 감언이설로 내게서 제법 많은 돈을 갈취하리
라고는 미처 예상하지 못한 채 불쑥 말했다. 그날 저
녁 우리는 호텔방에 돌아와 깜박거리는 이 성스러운
불빛 아래서 사랑을 나눔으로써 귀한 물건을 소장하
게 된 뿌듯함을 자축했다. 천장에 어른거리는 그림자
가 환상적이었다.

"조제핀, 내 생각엔 파리에 돌아가면 우리 서로 헤어
지는 게 좋을 것 같아."

"무슨 말인지 못 알아듣겠어."

"하지만 조······."

조제핀은 이미 잠이 들어 버렸다. 그녀는 자기에게 불리한 상황이 벌어지면 즉각 잠 속으로 빠져드는 자기 보호적인 재주가 있었다. 짧게는 5분, 길게는 몇 시간씩이나 실존으로부터 도피 행각을 벌이는 것이었다. 잠시 동안 나는 침대머리 너머의 벽이 어두워졌다가 밝아지기를 반복하는 것을 물끄러미 바라보았다. 도대체 어떻게 생긴 사람이 방을 온통 주황색 갈포지로 도배할 생각을 했을까?

조제핀이 잠에서 깨어날 기미가 보이지 않으므로, 나는 내가 좋아하는 취미 중의 하나인 밤 산책을 하려고 주섬주섬 옷을 챙겨입었다. 지칠 때까지 계속해서 걷는 것이 사나운 운명에 대처하는 내 나름대로의 저항 방식이었다. 큰길에서는 네덜란드 청소년들이 왁자지껄 떠들며 맥주잔을 들이키고 있었다. 그 젊은이들은 비닐 쓰레기봉투에 구멍을 뚫어 비옷으로 차려입고들 있었다. 육중한 철책이 동굴 입구를 가로막고 있었으나, 철책 틈 사이로 마지막까지 안간힘을 쓰며 타오르는 수백 개의 촛불이 만들어 내는 불빛이 새어 나왔다. 한참을 걷다 보니 기념품 상점이 있는 거리가 나왔다. 네번째 상점의 진열장에는 똑같은 성모 마리아 상이 벌써 우리가 사간 석고 흉상이 있던 자리를 차지하고 있었다. 호텔로 돌아오는 길에, 나는 우리 방의 창이 어둠 속에서 깜박이는 모습을 멀찍이서 바라보았다. 나는 호텔 야간 당직자의 몽상을 방해하지 않으려고 조심스럽게 계단을 올라갔다. 《뱀의 자취》가 보석 상자 속의 보석처럼 내 베개 위에 놓여 있었다. "아참, 샤를 소브레이를 까마득히 잊고 있었군."

나는 조제핀의 필체를 알아보았다. 커다란 글자가 소설의 168페이지를 가득 메우고 있었다. 소설의 두 단원쯤을 온통 읽을 수 없을 정도로 뒤덮어 버린 메시지의 첫자였다.

"널 사랑해, 뒤콩. 너의 소중한 조제핀을 괴롭히지 말아 줘."

다행스럽게도 내가 이미 다 읽은 단원이었다.

성모 마리아상의 전등을 껐을 때에는 벌써 새벽이 밝아 오고 있었다.

Le rideau

거튼

아이들의 엄마가 밀어 주는 바퀴의자에 웅크리고 앉아 병원 복도를 지나면서, 나는 아이들을 은근슬쩍 관찰한다. 나는 비록 허수아비 같은 아버지가 되어 버렸지만, 부산스럽게 움직여대고 투덜대는 테오필과 셀레스트, 이 두 아이만큼은 활기가 넘친다. 나는 아이들이 걷는 모습만 줄곧 보고 있어도 전혀 지루하지가 않다. 아이들은 내 곁에서 비록 아무렇지도 않은 듯한 표정을 짓고 있지만, 축 처진 아이들의 가녀린 어깨에서 거북한 심정이 배어 나온다. 테오필은 걸어가면서 내 다물어진 입술 사이로 하염없이 흘러내리는 침을 휴지로 닦아 주느라 분주하다. 그의 동작은 마치 반응을 예측할 수 없는 짐승을 대하듯 다정하면서도 동시에 불안감에 가득 차 있다. 우리가 속도를 늦추기만 하면 셀레스트는 맨살이 그대로 드러나는 두 팔로 내 목을 감싸안고, 내 이마에 입맞춤을 퍼부으며 주문이라도 외듯이 "우리 아빠, 우리 아빠"라고 반복한다. 마침 아버지의 날을 축하하는 중이다. 내가 사고를 당하기 전까지는 이처럼 강요된 기념일을 지켜야 할 필요를 느끼지 못했으나, 이제는 함께 모여 이 상징적인 하루를 보낸다. 아마도 희미한 윤곽만 남았더라도, 혹은 그림자 같은 존재로 전락했을지라도 아빠는 아빠라는 사실을 서로에게 확인시키기 위해 그렇게 하는 모양이다. 나는 한편으로는 다만 몇 시간 동안이라도 아이들이 뛰어다니고 웃고 우는 모습을 볼 수 있는 기쁨을 맛보지만, 다른 한편으로는 이제 겨우 열 살 된 사내아이와 여덟 살난 그 아이의 여동생에게 있어서, 삶의 갖가지

고뇌를 너무 일찍 경험시키는 것은 아닐까 하는 두려움이 앞선다. 비록 집안 내에서 아이들에게도 무엇이든 사실 그대로 받아들이게 한다는 방침을 세웠어도 두렵기는 마찬가지이다.

우리는 비치 클럽에 자리를 잡는다. 비치 클럽은 태양과 바닷바람에 노출된 모래언덕의 한 귀퉁이에 내가 붙인 이름이다. 마침 병원측에서도 이곳에 테이블과 의자·파라솔을 설치해 주었고, 뿐만 아니라 무성하게 자란 잡초 사이에 군데군데 미나리아재비씨까지 뿌려 주었다. 해수욕장 끝에 위치한 병원과 진실한 삶 사이의 이 공간에서, 나는 착한 요정이 나타나 바퀴의자를 모두 돛이 달린 수레로 변하게 할 거라고 상상해 본다. 테오필이 "교수형놀이 하실래요?"라고 내게 묻는다. 나는 그 아이에게 몸이 마비된 것만으로도 벌써 충분하다고 말해 주고 싶다. 하지만 내 의사소통 체계로는 이같은 즉각적인 응수가 불가능하다. 한마디 대답하기 위해 몇 분씩이나 시간을 끌다 보면, 언어의 세

심한 뉘앙스는 무디어지다 못해 아예 무미건조해지고 만다. 문장을 완성시켜 놓고 보면, 뭐가 그리도 우스워서 한 자 한 자 끈질기게 받아 적도록 요구했는지조차도 잘 납득이 가지 않을 정도이다. 그러므로 불쑥불쑥 감정을 순간적으로 드러내는 것은 피하는 것이 좋다. 그러다 보니 대화라는 파도에서 표면에 떠오르는 은빛 거품이 모두 제거되는 격이다. 탁구공처럼 재빨리 되받아넘기는 재치 있는 말을 구사할 수 없는 것이, 내가 처한 상태가 가져다 주는 불편한 점 중의 하나이다.

어디, 교수형놀이를 해보자꾸나. 중학교 1학년 어린이들에게 전국적으로 가장 인기 있는 놀이인 모양이니. 나는 첫번째, 두번째 단어까지는 알아맞혔으나 세번째에서는 막혔다. 사실 나는 놀이를 할 기분이 아니었다. 슬픔이 파도처럼 몰려온다. 내 아들 테오필 녀석은 50센티미터밖에 안 되는 거리를 두고 얌전히 앉아 있는데, 나는 그 아이의 아빠이면서도 손으로 녀석의 숱 많은 머리털 한번 쓸어 줄 수도, 고운 솜털로 뒤덮인 아이의 목덜미를 만져 볼 수도, 또 부드럽고 따뜻한 아이의 작은 몸을 으스러지도록 안아 줄 수도 없다. 이런 기분을 무어라고 표현해야 할까? 극악무도한? 불공평한? 더러운? 끔찍한? 순간적으로 나는 그만 감정을 제어하지 못한다. 눈물이 펑펑 쏟아져 내리고, 목에서는 그르렁거리는 경련이 터져 나와 테오필을 놀라게 한다. 걱정 마, 이 녀석아, 너를 사랑한다. 교수형놀이에 여념이 없는 녀석은 한 판을 끝낸다. 두 글자를 더 알아맞혀야 하는데 녀석이 이기고 내가 졌다. 공책 한구석에 녀석은 교수대와 밧줄, 사형에 처해질 사람을 그린다.

셀레스트는 모래언덕에서 깡총깡총 뛰어다닌다. 어찌된 영문인지 모르겠지만, 내가 눈꺼풀을 움직이는 것조차 힘들게 느끼기 시작한 순간부터 셀레스트는 반대로 곡예사처럼 날렵하게 몸을 움직이게 되었다. 일종의 보상 현상일까. 어찌되었건 셀레스트는 벽 위로 걷기, 물구나무서기, 고개 뒤로 젖히고 두 손 두 발로

땅짚기, 재주넘기 등의 묘기를 고양이처럼 유연하게 펼쳐 보인다. 장래에 하고 싶어하는 무수히 많은 직업 목록에 딸아이는 학교 선생님, 톱모델, 꽃집 주인에 이어 줄타기 곡예사를 덧붙였다. 연속적인 회전 동작으로 비치 클럽의 청중들을 사로잡은 연예인 후보생은, 이제 노래를 부르기 시작한다. 남의 눈에 띄는 것을 극도로 싫어하는 테오필에게는 지극히 괴로운 일이다. 남 앞에 나서기를 좋아하는 여동생과는 반대로 내성적이고 수줍음을 많이 타는 테오필은, 언젠가 내가 교장 선생님께 특별히 부탁해서 그 아이가 학교의 종을 칠 수 있도록 허락받았을 때 몹시 부끄러워하며 나를 원망했다. 테오필이 행복하게 살 수 있을지는 아무도 예견할 수 없다. 그렇지만 그 아이가 남의 눈에 띄지 않게 살리라는 것은 확실하다.

나는 셀레스트가 어떻게 60년대에 유행하던 노래를 그렇게 많이 알고 있는지 알 수가 없다. 조니 할리데이, 실비 바르탕, 셸라, 클로-클로, 프랑수아즈 아르디 등 가요 전성기 시대의 스타는 한 명도 빠짐없이 셀레스트의 레퍼터리에 들어 있다. 30여 년 동안 변함 없이 대중들의 사랑을 받아 온 리샤르 앙토니의 기차 노래처럼 삼척동자까지도 다 아는 대히트곡은 그렇다 치더라도, 이미 우리의 기억 속에 희미해져 가는 왕년 의 유행가까지도 셀레스트는 거침없이 불러댄다. 열두 살 무렵 테파즈 전축에 클로드 프랑수아의 45(EP)회 전 레코드판을 싫증도 내지 않고 올려놓았던 이후로, 나는 '가엾은 부자 소녀'를 다시 들어 본 기억이 없다. 하지만 셀레스트가 곡조도 틀리게나마 이 곡을 흥얼거 리기 시작하자, 후렴의 첫마디가 나 자신도 놀랄 정도 로 또렷하게 떠오른다. 음 하나, 소절 하나, 코러스와 반주는 물론 노래 첫 도입부의 파도 소리까지 생생하 게 기억이 난다. 레코드의 커버 장정, 그 위에 인쇄된 가수의 사진, 줄무늬 셔츠를 제일 윗단추까지 완전히 채워 입은 가수의 모습은 잡을 수 없는 꿈 같아 보였 다. 내겐 멋있어 보이는 이 차림새를 어머니는 상스러 워 보인다고 몹시 싫어하셨기 때문이다. 아버지의 사촌이 주인으로 있는 가게에서 이 레코드를 사던 목요일 오후도 생각난다. 파리 북역의 지하에서 조그마한 상점을 꾸려 가던 그 아저씨는, 큰 체구와는 걸맞지 않게 지극히 온순하며 언제나 입에는 지탄 담배를 물고 있었다. "이 해변에서 너무나 외로워 보이는 부자 소녀……." 시간이 흘렀고, 주위 사람들 중에는 이미 작고한 사람들도 적지않다. 어머니가 가장 먼저 돌아가셨고, 이어 클로-클로는 전기에 감전되어 죽었다. 가게가 잘 안 되어 애를 먹던 아버지의 사촌은, 슬픔에서 헤어나지 못하는 자식들과 반려동물을 남겨 놓은 채 세상을 떠났다. 내 옷장엔 클로-클로풍의 셔츠가 가득했고, 작은 레코드 가게는 초콜릿 가게로 바뀐 걸로 기억한다. 베르크행 기차가 마침 북역에서 출발하니까, 누구에게라도 지나가는 길에 내 기억이 맞는지 확인해 달라고 부탁해 보아야겠다.

"잘했어, 셀레스트!" 실비가 외친다. "엄마, 난 심심해." 테오필이 기다렸다는 듯이 투덜댄다. 오후 5시.

평소에는 정겹게 들리던 자명종 소리가 오늘은 작별의 순간을 알리는 조종처럼 들린다. 바람이 불어 모래가 날린다. 바닷물은 벌써 저만치 멀리까지 빠져서, 물속에 있는 사람들이 조그마한 점처럼 수평선 부근에 떠다니는 듯하다. 파리로 떠나기 전에 다리라도 풀 겸 물가로 아이들이 달려가자 우리만 덩그러니 남았다. 감각 없는 내 손가락을 잡고 있는 실비와 나는 말이 없다. 실비의 검은 안경 위로 맑은 하늘이 비친다. 실비는 산산조각이 난 우리의 삶에 숨죽이고 오열한다.

다시 내 병실로 돌아와 우리는 헤어지기 전 작별인사를 나눈다. "괜찮으시겠어요, 아빠?" 테오필이 묻는다. 아빠는 목이 메이고, 햇빛에 노출되었던 손은 아리고, 바퀴의자에 너무 오래 앉아 있었던 탓에 꼬리뼈가 짓이겨진 듯하지만, 그래도 멋진 하루를 보냈단다. 그런데 너희 꼬마들은 나의 끝없는 고독 속으로의 산보에 대해서 어떤 기억을 간직할 수 있겠니? 가족들은 떠났다. 자동차는 벌써 파리를 향해 달리고 있을 것이다.

나는 벽에 붙여 놓은 셀레스트의 그림을 보며 명상에 잠긴다. 머리가 두 개에 파란 눈썹으로 둘러싸인 눈, 총천연색 비늘을 가진 물고기 그림이다. 하지만 이 그림의 진정한 의미는, 이러한 부분 묘사에 있다기보다 무한이라는 수학적 개념을 예사롭지 않게 표현한 전체적인 형태에 있다고 해야 할 것이다. 햇빛이 창으로 하나 가득 들어온다. 눈부신 석양의 빛줄기가 정확하게 내 침대 머리맡에 와닿는 시간이다. 가족들의 출발에만 마음 졸이다가 커튼을 쳐달라고 부탁하는 걸 그만 잊었다. 세상이 끝나기 전까지는 간호사라도 와 주겠지.

Paris

파리

나는 점점 멀어진다. 아주 천천히, 그러나 확실히 멀어지고 있다. 항해중인 선원이 자신이 방금 떠나온 해안선이 시야에서 사라져 가는 광경을 바라보듯이, 나는 나의 과거가 점점 희미해져 감을 느낀다. 예전의 삶은 아직도 나의 내부에서 불타오르고 있지만 점차 추억의 재가 되어 버린다.

잠수종에 갇힌 신세가 된 이후에도, 나는 전격적으

로 두 번이나 파리에 다녀왔다. 의학계 정상급들의 의견을 듣기 위하여 병원을 찾은 것이었다. 첫번째 여행 때에는, 앰뷸런스가 내가 편집장으로 일했던 여성 주간지의 초현대식 건물 앞을 지날 때 감정이 걷잡을 수 없이 격앙됨을 느꼈다. 나는 먼저 우리 잡지사의 옆건물을 알아보았다. 60년대에 지어진 오래된 건물로서, 곧 철거한다는 표지판이 세워져 있었다. 뒤이어 거울로 된 우리 건물의 전면에 구름과 비행기가 반사되는 광경이 시야에 들어왔다. 건물 앞 광장에는 이름은 모르지만 10년 동안 매일 마주쳐서 낯이 익은 사람들이 몇 명 눈에 띄었다. 나는 고개를 최대한으로 돌려 혹시 아는 사람이 저 쪽진 여자 뒤에 서 있지는 않는지, 회색 작업복을 입은 건장한 사내 뒤에 반가운 얼굴이 가려져 있지는 않는지를 살폈다. 그러나 운명은 내 편이 아니었다. 어쩌면 누군가가 6층 편집실로부터 나를 태운 앰뷸런스가 지나가는 광경을 지켜보지 않았을까? 나는 내가 가끔씩 점심식사를 하러 들르던 근처 식당 앞에서 눈물을 흘렸다. 나는 아무도 모르게 울 수가 있다. 이럴 때면 사람들은 코가 흘러내리는 듯 눈물이 흘러내린다고들 말한다.

4개월 후, 두번째로 파리에 갔을 때에는 이미 나 자신이 무관심해질 수 있었다. 거리는 전형적인 7월 차림으로 바뀌었지만, 내 마음이 여전히 겨울이라서 그런지, 앰뷸런스 창문 너머로 영화를 찍기 위해 무대장치를 해놓은 것 같아 보였다. 영화에서는 이런 조작을 스크린 프로세스라고 한다. 예를 들어 주인공이 탄 자동차가 도로를 질주하는데, 그 도로는 사실상 스튜디오 벽에 그려진 세트에 불과하다. 히치콕 영화가 주는 시적 감흥의 상당 부분은, 아직 완벽한 단계에 이르지 못했던 이 기법을 적절하게 활용한 덕분이다. 파리 횡단은 내게 그저 덤덤하기만 했다. 물론 모든 구색은 다 갖추어져 있었다. 꽃무늬 원피스 차림의 여인들, 롤러스케이트를 타는 청소년들. 부르릉거리는 버스의 모터 소리. 스쿠터를 탄 배달원들의 욕설. 뒤피[프랑스 화가]의 그림에서 빠져나온 듯한 오페라 광장. 건물의 정

면을 막아서는 아름드리 가로수들과 푸른 하늘에 점점
이 떠가는 하얀 뭉게구름. 모자라는 것이라고는 아무
것도 없다. 나만 제외하고. 나는 거기에 없고 다른 곳
에 있었다.

Le légume

식물인간

"6월 8일, 나의 새로운 삶이 시작된 지 6개월이 된다. 여러분들이 보내 준 편지가 벽장 안에 쌓였으며, 그림은 벽을 가득 채우고 있다. 한 사람 한 사람에게 답장을 할 수 없는 형편이라, 나는 나의 생활과 투병 · 희망 등을 기록하기 위하여 지하출판물의 형식을 빌리기로 했다. 처음에 나는 아무 일도 없었다고 믿고 싶었다. 혼수 상태에 이어 반쯤 의식이 돌아왔을 때만 해도, 나는 그저 양쪽에 목발을 짚고서 혼잡한 파리 생활로 돌아가게 되려니 생각했다."

봄이 끝나갈 무렵 내가 친구와 친지들에게 베르크에서 처음으로 띄운 편지는 이렇게 시작되었다. 60여 명쯤 되는 수취인에게 배달된 이 편지는 약간의 센세이션을 일으켰으며, 그 덕분에 항간에 나돌던 뜬소문을 잠재우는 효과가 있었다. 입이 백 개에 귀가 천 개가 달린 도시라는 이 괴물은 아무것도 모르면서 모든 것을 아는 듯 떠들어대는 속성이 있으며, 나에게도 이 괴물은 여지없이 공격을 가했다. 프렌치 캉캉을 춘다거나 통신 비둘기를 날리는 등, 파리 스노비즘의 본거지 중의 하나인 카페 드 플로르에서 내 친구들이 들었다는 대화도 그 한 예라고 할 수 있다. 나를 알지도 못하면서 말만들기 좋아하는 사람들이 "B씨가 완전히 식물인간이 되었다는데, 알고 있었어?" "물론이지." "맞아, 정말 식물인간이래." 마치 먹이를 발견하고 군침을 삼키는 독수리처럼 탐욕스럽게 그자들은 이 대화에 달려들더라고 친구들은 전해 주었다. 이 돌팔이 예언

자에게는 '식물인간'이라는 말이 마음에 들었는지 치즈비스킷을 한입 베어먹을 때마다 질리지도 않고 계속해서 입에 올리더라는 것이었다. 그들의 어조로 보아, 이제는 나를 인간이라기보다 과일이나 채소처럼 식물로 분류하는 게 현명하리라는 걸 모르는 바보는 없다는 투였다. 요즈음은 전시가 아니라 평화시대라서 거짓 소식을 전한 자라도 사형에 처하지는 않는다. 내가 만일 나의 지적(知的) 잠재력이 시금치나 당근의 지적 능력보다 월등하게 우수함을 증명하고자 한다면, 의지할 데라고는 나 자신밖에 없다.

이런 경유로 다달이 집단 서신을 보내는 방식이 채택되었으며, 이를 통해서 나는 내가 좋아하는 사람들과 항상 교신할 수 있다. 나의 콧대 높은 자존심 덕을 어느 정도 본 셈이다. 아직까지도 우직스럽게 침묵을 고수하고 있는 몇몇 고집불통들을 제외하고는, 대부분의 사람들이 잠수종에 갇혀 있는 나와의 연락이 가능하다는 것을 잘 알고 있다. 비록 내가 잠수종에 갇힌 채로 아무도 가보지 못한 곳으로 끌려다닐 때도 가끔 있지만……

나는 뛰어난 편지들을 받아 본다. 병원 사람들은 시간이 지남에 따라 은연중에 의식처럼 굳어진 절차에 따라 편지봉투를 열어 편지지를 꺼내어 편 다음, 내 눈 앞에 잘 보이도록 놓아 준다. 무언의 성스러운 예식으로 편지의 도착을 기념하는 것이다. 나는 내 스스로 편지를 한 통씩 정성들여 읽는다. 어떤 편지는 아주 심각한 내용이다. 삶의 의미와 영혼의 고귀함, 인생의 오묘함 등에 대해 말하는 편지들이 여기에 속한다. 하지만 표면상으로는 이상하게 보일지 모르겠으나, 나와의 관계가 그다지 돈독하지 않았다고 생각되는 사람일수록 이같은 본질적인 질문을 던지고 있다. 경박하게 보이는 인간관계 밑에 인생의 깊이가 감추어져 있었던 것이다. 나는 그토록 눈멀고 귀멀었던 것일까? 혹은 불행을 당해 보아야 비로소 진실한 사람 됨됨이를 알 수 있는 것일까?

다른 편지들은 소박하게 시간의 흐름을 구별지어 주는 일상의 작은 사건들을 이야기해 준다. 저녁 해질 무렵에 꺾은 장미꽃, 비 오는 일요일의 나른함, 잠들기 전 울음보를 터뜨리는 어린아이 등등. 삶의 순간에서 생생하게 포착된 이러한 삶의 편린들, 한 줄기 행복들이야말로 나에게 다른 어느 무엇보다 깊은 감동을 안겨 준다. 단 석 줄짜리 짧은 편지이건 여덟 장짜리 장문의 편지이건, 또 머나먼 아라비아 반도로부터 왔건 가까운 파리 교외에서 왔건, 나는 이 모든 편지들을 보물처럼 소중하게 간직한다. 언젠가 나는 이 모든 편지들을 한 장씩 붙여서 1킬로미터짜리 리본을 만들어, 우정을 찬미하는 깃발처럼 바람에 펄럭이게 하고 싶다.

그렇게 하면 말 많은 독수리들을 멀리 쫓아 버릴 수 있을 텐데.

내게 있어서 세상은,

나를 사고 전에 알았던 사람과

사고 후에 알게 된 사람이라는

두 그룹으로 이등분된다.

La promenade

산책

숨막히는 더위. 하지만 나는 밖으로 나가고 싶다. 벌써 몇 주일째 아니 몇 개월째, 나는 병원 울타리를 벗어나 바닷가를 끼고 있는 광장으로의 의례적인 산책을 나가 보지 못했다. 마지막으로 산책을 나갔을 때에는 아직도 겨울이었다. 그날은 얼어붙은 듯한 소용돌이 바람에 모래먼지가 구름처럼 피어올랐고, 바람에 대항이나 하듯이 몇몇의 산책자들이 두터운 털코트 속에 몸을 웅크린 채 비스듬하게 걸어다녔다. 오늘은 여름옷을 차려입은 베르크 바닷가를 보고 싶다. 이제껏 인적이라곤 없었던 모래밭이 나른한 7월의 피서객들로 북적대는 광경을 보고 싶다. 소렐 병동에서 나와 큰길로 들어서려면 주차장을 세 곳이나 지나야 하는데, 주차장 바닥이 울퉁불퉁하고 반듯하지 못해, 흔들리는 바퀴의자에 앉아 있는 엉덩이는 시련이 이만저만이 아니다. 나는 산책 한번 나가려면 전투라도 하는 기분으로 맨홀 뚜껑과 닭장, 보도에 세워 놓은 자동차 등을 피해 가야 했던 어려움을 한동안 잊고 있었다.

자, 이제 바닷가에 도착했다. 파라솔과 윈드서핑, 해수욕 인파들로 그림엽서에서 봄직한 풍경은 완성된다. 휴가철의 바다는 부드럽고 유쾌하다. 병원의 테라스에서 바라보던 비정한 무한의 공간과는 전혀 다른 세계로 느껴진다. 하지만 엄연히 같은 굴곡에 같은 파도, 똑같이 안개에 젖은 수평선이다.

우리는 아이스크림 막대기와 햇빛에 벌겋게 익어 버

린 허벅지들 사이로 굴러간다. 나는 내가 햇빛 때문에 빨갛게 달아오른 살갗 위에 놓인 바닐라 아이스크림을 핥아먹는다고 상상해 본다. 나한테 관심을 쏟는 사람은 아무도 없다. 베르크에서 바퀴의자를 만나는 일은, 몬테 카를로에서 페라리 자동차를 보는 것만큼이나 흔히 있는 일이기 때문이다. 어디를 가든 다리가 부러졌거나 침을 질질 흘리는 나 같은 불쌍한 사람들투성이이다. 오늘 오후에는 클로드와 브리스가 나와 동행했다. 내가 클로드를 안 지는 보름밖에 안 되지만, 브리스와는 25년 전부터 알고 지내는 사이이다. 내 오랜 친구가 매일 이 책의 원고를 받아 적는 아가씨에게 내 이야기를 하는 것을 듣고 있자니 묘한 기분이 든다. 참을성이 없이 성질이 급한 성격이며, 책이라면 사족을 못 쓰는 성미, 터무니없는 호의호식 취미, 지붕이 젖혀지는 내 빨간 자동차 등등 하나부터 열까지 내 모든 면이 샅샅이 파헤쳐진다. 마치 땅속에 파묻혀 버린 세상에 대한 전설을 캐내는 사람 같다고나 할까. "저는 그러신 줄 몰랐어요"라고 클로드가 내게 말한다. 그러고 보니 내게 있어서 세상은, 나를 사고 전에 알았던 사람과 사고 후에 알게 된 사람이라는 두 그룹으로 이등분된다. 나중에 나를 알게 된 사람들은, 내가 어떤 사람이었으리라고 생각할까? 내 병실에는 이 사람들에게 보여줄 사진 한 장조차 없다.

우리는 해변의 카페와 일렬로 들어선 파스텔 톤의 탈의실을 이어 주는 널찍한 계단에 멈추어 선다. 이 계단은 포르트 도퇴유 지하철역의 거대한 입구를 상기시킨다. 어렸을 때 수영장에 왔다가 염소 때문에 부옇게 보이는 눈을 하고 집으로 돌아가려면, 그 역에서 지하철을 타곤 했었다. 몰리토르 수영장은 몇 년 전에 해체되었다. 바닷가의 계단은 내겐 막다른 골목일 뿐이다.

"돌아갈까?" 브리스가 묻는다. 나는 고개를 사방으로 흔들어 완강하게 거부 의사를 표시한다. 이 산보의 진정한 목적지에 도착도 하기 전에 되돌아간다는 건 말도 안 된다. 우리는 빠른 걸음으로 옛날식 회전목마

주위를 지나친다. 오르간 소리 때문에 귀가 윙윙거린다. 도중에 팡지오를 만난다. 병원의 걸물인데, 늘 이 별명으로 부른다. 판사의 선고문만큼이나 뻣뻣한 팡지오는 앉을 수가 없다. 서 있거나 혹은 누워 있어야만 하는 그는, 자기가 손수 작동시키는 수레에 엎드려서 다닌다. 그는 자기 수레를 놀라울 정도로 빠르게 몬다. 마침 운동선수 같은 모습의 키 큰 흑인이 "조심해, 팡지오!" 하며 길을 막아서는데, 나는 알지 못하는 사람이다. 마침내 우리는 오늘의 산책 종착지인 광장 끝에 도착했다. 내가 여기까지 오자고 고집한 것은, 천하의 절경을 발견하기 위해서가 아니라 해수욕장 끄트머리에 초라하게 자리잡은 가건물로부터 풍겨 나오는 냄새를 음미하기 위해서였다. 일행이 걸음을 멈추어 서자 바람결을 타고 전해지는 천박하고 끈질긴 냄새, 대다수 사람들이 맡기 싫어할 뿐 아니라 현기증까지도 유발하는 냄새를 맡으며 내 콧구멍은 기쁨으로 벌름거린다. "어휴, 기름 냄새!" 내 뒤에서 누군가가 투덜댄다.

나는 이 감자튀김 냄새를 아무리 맡아도 역겹지가
않다.

Vingt contre un

20 대 1

그래, 그거야. 나는 이제야 그 말[馬]의 이름을 생각해 냈다. 미트라 그랑샹이었다.

뱅상은 지금쯤 아베빌 근처를 지나고 있을 것이다. 파리에서 자동차를 타고 오면, 바로 이 부근에 도착할 무렵부터 여정이 길게 느껴지기 시작한다. 차도 적고 얼마든지 속력을 낼 수 있는 고속도로가 끝나고 2차선 국도로 접어들면, 자동차와 트럭의 행렬이 끝도 없이 꼬리를 문다.

  이제부터 이야기하려는 사건이 일어났을 때, 그러니까 지금부터 10년 전, 뱅상과 나는 다른 몇몇 동지들과 함께 지금은 없어진 한 조간 신문을 발행하는 엄청난 행운을 누리고 있었다. 소유주는 언론에 지대한 관심을 가진 실업가로서, 생긴 지 5, 6년 된 이 신문을 탐내는 정치계−금융계의 음흉스런 모의가 한창 진행중이던 시기에, 대담하게도 파리를 통틀어 가장 젊은 팀에게 자신이 탄생시킨 신문을 맡기는 일대 모험을 감행했다. 우리도 모르게 그는 이 싸움에 우리와 더불어 자기의 마지막 카드를 던졌으며, 우리는 이 모험에 기꺼이 우리 자신을 100퍼센트, 아니 1000퍼센트 투자했다.

  뱅상은 이제 사거리로 접어들었을 것이다. 사거리에서는 루앙과 크로투아 방향을 왼쪽 옆으로 끼고 베르크 방향으로 들어선 다음, 크고작은 시가지들을 지나야 한다. 익숙하지 않은 사람들은 이 바람개비 같은 사거리에서 방향을 잡지 못하고 헤매는 수가 많다. 뱅상은 벌써 여러 차례 나를 보러 왔으니 길을 잃을 염려는 없다. 그는 뛰어난 방향 감각에다가 지나칠 정도로 변함없는 우정까지 겸비했다.

그러므로 우리는 노상 일에 쫓겼다. 새벽부터 밤 늦게까지, 주말은 물론 때로는 밤샘도 불사해 가며 다섯 명이서 열두 명이 할 일을 유쾌한 기분으로 해치우곤 했다. 뱅상은 일주일 동안 거창한 아이디어만도 열 개 정도는 제안했다. 이 중 세 개는 뛰어나고 다섯 개 정도는 쓸 만했으며, 나머지 두 개는 황당한 것들이었다. 머리에 떠오르는 생각이 있으면 당장 실행에 옮겨야 직성이 풀리는 뱅상의 급한 성미를 누그러뜨리도록 유도하면서, 그가 내놓은 아이디어 중에서 취사선택하는 것이 나의 역할이었다.

병실에 누워 있으면서도 뱅상이 운전석에 앉아 발

을 동동 구르며 토목공사를 있는 대로 저주하고 있는 모습이 눈에 선하다. 2년 후에는 베르크까지 고속도로가 연결될 테지만, 현재로선 캠핑 트레일러 틈바구니에 끼여 감속으로 우회해야 하는 공사장에 불과하다.

 사실상 우리는 거의 헤어진 적이 없었다. 신문과 더불어 함께 먹고, 마시고, 자고, 연애했으며, 신문을 위해 함께 꿈을 꾸었다. 그날 오후에 누가 경마 이야기를 꺼냈더라? 화창한 겨울 일요일이었다. 기온은 차도 하늘은 푸르고 습기라곤 없는 청명한 날씨였다. 뱅센 숲에서는 경마가 벌어지고 있었다. 우리는 둘 다 경마광은 아니었지만, 마침 경마 칼럼 담당자가 경마장 식당에서 우리에게 식사를 한턱 낸다고 하면서, 경마라는 신비스런 세계에 입문시켜 주겠노라고 장담했다. 그 사람의 말을 들어 보면 경마란 확실한 투자이며, 떼어 놓은 당상이었다. 미트라 그랑샹이 20 대 1의 비율로 출발하므로, 웬만큼 쩨쩨한 가장들의 재테크 방법보다 훨씬 짭짤한 재미를 볼 수 있으리라고 점쳤다.

뱅상은 이제 베르크로 들어서서, 다른 사람들과 마찬가지로 자기가 이곳에 무얼 하러 왔는지 한동안 자문할 것이다.

우리는 경마장 전체가 내려다보이는 거대한 식당에서 흥겹게 점심을 먹었다. 깡패와 포주 및 불법체류자 외에도, 경마장 근처를 어슬렁거리는 불량배들이 일요일이라 성장을 하고 식당에들 앉아 있었다. 배불리 먹고 흡족한 상태에서 우리는 기다란 시가를 입에 물고 열심히 빨아댔다. 범죄가 무성하게 피어오르는 이 고조된 분위기 속에서 네번째 경주가 시작되기를 기다리는 중이었다.

바닷가에 도착한 뱅상은 방향을 꺾어 넓은 광장을 가로지른다. 여름 휴가를 즐기는 만원 인파 속에서, 베르크의 텅 비고 얼어붙은 겨울 풍경을 찾아볼 수는 없다.

뱅센 숲에서 우리는 너무 오래 기다린 나머지, 결국 경주가 시작한 뒤에도 내기표를 사지 못했다. 내가 미처 우리 편집국 직원들이 내게 맡긴 돈을 지갑에서 꺼내기도 전에 창구가 닫혀 버렸기 때문이었다. 함구무언하라는 지시에도 불구하고 미트라 그랑샹이라는 이름이 편집국 전체에 퍼졌으며, 대중에게 잘 알려지지 않은 다크호스 미트라 그랑샹은 소문을 거치는 사이에 어느새 누구나 판돈을 걸고 싶어하는 전설적인 경주마로 둔갑해 버렸다. 그러니 이제 남은 거라고는 직접 경주를 관람하면서 이기기를 바라는 수밖에 없었다. 마지막 커브에서 미트라 그랑샹은 선두로 나서기 시작하더니, 커브를 벗어나면서부터는 다섯 걸음쯤을 앞섰다. 우리는 그 말이 추적자를 40미터가량이나 제치고, 마치 꿈속에서처럼 도착점에 유유히 들어서는 광경을 지켜보았다. 전투기 같은 돌격이었다. 편집국 TV 수상기 앞에서는 모두들 기뻐 날뛸 것이 뻔했다.

뱅상의 자동차가 병원 주차장으로 미끄러져 들어온

다. 햇빛 때문에 눈이 부시다. 방문객들이 북받쳐 오르는 감정을 누르고, 나와 세상을 갈라 놓는 마지막 몇 발자국을 옮겨 놓기 위해서 특별히 용기를 내야 하는 곳이 바로 이 지점이다. 유리로 된 자동문, 7번 승강기, 그리고 마침내 119호 병실에 이르는 짧은 복도. 반쯤 열린 문틈으로는, 마치 운명의 신이 삶의 낭떠러지에 던져 버린 듯 드러누워 있는 환자들만 보인다. 이런 광경을 접하면 숨이 막힌다고 하는 사람들도 있다. 내 병실에 도착해서 울컥 목이 메고 눈물 때문에 시야가 흐려지지 않으려면, 다른 중환자들의 병동을 거쳐 오는 것도 하나의 방법이다. 마침내 내 병실에 도착한 사람들의 표정은, 산소호흡기 없이 깊은 물속에 잠긴 잠수부의 표정과 흡사하다. 병실 문 앞까지 왔다가 도저히 용기가 나지 않아 그대로 발길을 돌려 파리로 돌아가 버린 사람들도 있음을 나는 알고 있다.

뱅상은 노크를 한 후, 말없이 병실로 들어선다. 나를 바라보는 타인의 시선에 이제는 하도 익숙해진 나머지, 나는 뱅상의 얼굴 위로 얼핏 스쳐 가는 두려움의 기색을 거의 눈치채지 못했다. 아니, 남들이 두려운 기색을 보인다 하더라도 나 자신이 처음보다 훨씬 초연해졌다고 말할 수 있다. 마비로 위축된 표정이지만, 나는 그래도 환대의 미소를 지으려고 노력한다. 찡그림에 가까운 나의 미소에 대한 답례로 뱅상은 내 이마에 입을 맞춘다. 그는 늘 변함이 없다. 붉은 머리털, 찌푸린 얼굴, 뒤뚱거리는 뚱뚱한 몸집의 뱅상은 마치 웨일스 지방 노동조합원이 갱내 가스 폭발 사고로 부상당한 동료를 문병 온 듯한 우스꽝스러운 모습이다. 반쯤 긴장이 풀어진 뱅상은 건장-연약 체급의 권투선수처럼 다가온다. 미트라 그랑샹의 치명적인 승리에 대하여, 그는 "머저리들, 머저리들 같으니. 신문사에서는 우리를 잡아먹으려 들겠지"라고만 말했다. 그가 늘 즐겨 쓰는 말이었다.

솔직히 말해서 나는 미트라 그랑샹의 일화를 잊고 있었다. 이 사건에 대한 기억이 되살아남으로써 나는 이중으로 고통스럽다. 돌이킬 수 없이 지나간 과거에 대한 향수와, 특히 놓쳐 버린 기회에 대한 떨쳐 버리기 어려운 미련이라는 두 가지 감정 때문이다. 미트라그랑상은 사랑할 줄 몰라서 떠나보내야 했던 여인들일 수도 있고, 잡을 줄 몰라서 흘려보낸 기회일 수도 있으며, 멀리 날아가 버린 행복의 순간들일 수도 있다. 요즈음 돌이켜 생각해 보면, 내 인생 전체가 이처럼 작은 실패의 연속이었다는 생각이 든다. 답을 뻔히 예상했으면서도 상을 탈 수 없는 경주. 말이 나온 김에 덧붙이자면, 우리는 판돈을 모두 환불함으로써 이 사건을 매듭지었다.

어쩌면 내가 나비의 귀를 가졌는지도 모르겠다.

La chasse au canard

오리 사냥

'**로**크드 인 신드롬' 환자라면 누구나 감수해야
하는 여러 가지 불편함 외에 심한 청각장애까지 나를
괴롭힌다. 오른쪽 귀는 잘 안 들리는데, 왼쪽 귀의 유
스타키오관은 2미터 50센티미터보다 먼 거리에서 나
는 소리를 터무니없이 확대시킨다. 이 지방의 유원지
광고용 플래카드를 펄럭이며 비행기가 날아갈 때면,
마치 고막 위에 커피 가는 기계라도 달아 놓은 것처럼
귀가 멍멍하다. 하지만 그건 그래도 어쩌다 한 번씩 있

는 소동에 불과하다. 이보다 훨씬 내 귀를 자극하는 것은, 청각장애를 주지시키려는 나의 노력에도 불구하고 사람들이 병실 문을 닫아 주지 않았을 때 복도로부터 들려 오는 끊이지 않는 웅성거리는 소리이다. 리놀륨 바닥에 닿는 구둣굽 소리, 운반 수레들끼리 부딪치는 쇳소리, 중첩되는 대화 소리, 싸구려를 외쳐대는 시장 상인들의 목소리를 방불케 하는 병원 직원들이 서로를 부르는 외침 소리, 아무도 듣는 사람은 없는데 혼자서 떠들어대는 라디오 소리. 여기에다가 전기 광내기 장치까지 작동하면 지옥이 따로 없다. 뿐만 아니라 별난 환자들도 많다. 예를 들어 똑같은 카세트테이프를 계속해서 듣는 걸 유일한 낙으로 여기는 환자들이 있는가 하면, 한동안 복잡한 장치가 달린 봉제 오리 인형을 가진 젊은 남자가 같은 병실을 쓴 적도 있다. 이 오리는 누군가가 방에 들어오기만 하면, 다시 말해 하루에도 수십 번씩 높고 째지는 듯한 노랫소리를 저절로 외쳐댔다. 이 가엾은 환자는 다행히도 내가 자기 오리를 처치하려는 계획을 실행에 옮기기 전에 퇴원을 했다. 그렇지만 나는 비탄에 잠긴 환자의 가족들이 또 무슨 엉뚱한 위로 행위를 생각해 낼지 알 수 없기 때문에, 이 오리 처치 계획만큼은 머릿속에 그대로 간직하고 있다. 가장 이상한 환자는 뭐니뭐니해도 혼수 상태를 거치면서 정신착란을 일으킨 여자였다. 이 여환자는 간호사들을 물어뜯는가 하면, 남자 간호보조사들의 성기를 움켜잡기도 하고, 물 한 컵을 부탁할 때도 매번 "불이야!"라고 소리쳐대곤 했다. 처음에는 이 여자 때문에 생긴 거짓 화재경보 때문에 병원 안이 온통 아수라장이 되었지만, 이런 일이 거듭되자 모두 지친 나머지 이 환자 혼자서 밤낮으로 실컷 소리 지르게 내버려두었다. 그래서인지 신경과 병동은 영화 〈뻐꾸기 둥지 위로 날아간 새〉에 묘사된 흥미로운 분위기와 어느 정도 맞아떨어지게 되었는데, "사람 살려, 날 죽이려고 해요!"를 외쳐대던 이 여자가 다른 병동으로 옮아가게 되었을 때, 나는 일말의 섭섭함마저 맛보게 되었다.

이런 소동이 가라앉고 다시 침묵이 찾아오면, 나는

비로소 내 머릿속에서 팔랑팔랑 날아다니는 나비들의 움직임에 귀를 기울일 수 있다. 나비의 날갯짓은 아주 미세하기 때문에, 이를 감지하기 위해서는 명상에 가까운 주의력이 필요하다. 숨소리가 조금만 커져도 그 소리에 파묻혀 버릴 정도이다. 어찌 보면 매우 놀라운 일이다. 내 청각은 향상되지 않았음에도 불구하고 나비 소리를 점점 더 잘 듣게 된다. 어쩌면 내가 나비의 귀를 가졌는지도 모르겠다.

Dimanche

일요일

나는 창문을 통해 병원 건물의 붉은 황토색 벽돌 정면이 새벽 햇살을 받아 밝아 오는 광경을 바라본다. 벽돌은 고등학교 1학년 때 배운 라트의 그리스어 문법 책 표지색과 똑같은 분홍빛으로 빛난다. 나는 뛰어난 그리스 연구가와는 거리가 멀었지만, 그래도 알키비아데스의 개 이야기나 테르모필라이 영웅들의 장렬한 무용담을 동시에 접할 수 있었던, 이 학문 세계가 지닌 강렬하고도 심오한 뉘앙스에는 매우 애착이 간다. 미술 재료상들은 이 색을 '고풍스런 분홍'이라고 부른다. 병원 복도를 도배한 반창고색 분홍과는 전혀 다른 빛깔이다. 병실의 몰딩이나 창틀 가장자리 및 문 가장자리에 칠해져 있는 보라색과는 더더욱 비교도 할 수 없다. 이 보라색은 싸구려 향수 포장에나 쓰는 색 같기 때문이다.

오늘은 일요일이다. 병문안 오는 방문객이 불행히 한 명도 없어서, 따분하고 느릿느릿한 시간의 흐름을 깨뜨릴 아무런 사건도 일어나지 않기 때문에 두렵기만 한 일요일. 물리치료사도, 언어장애치료사도, 심리학자도 오지 않는 일요일. 평일보다 훨씬 간단하게 끝낼 수 있는 몸단장만이 유일한 오아시스일 뿐, 일요일은 지루한 사막과 다름없다. 이런 날에는 의료보조인들이 토요일 저녁에 마신 술 때문에 늦게들 근무를 시작할 뿐 아니라 일요일 당직 때문에 가족 나들이, 혹은 친구들과의 참새 사냥이나 새우 낚시를 못 갔다는 억울함이 겹쳐 얼굴을 씻겨 주는 둥 마는 둥하고, 면도도 살을 베지나 않으면 다행이다 싶을 정도로 넋이 빠진 채 기계적으로 손만 왔다갔다할 뿐이다. 아무리 좋은 향수를 듬뿍 뿌려 주어도 불결한 몸에서 나는 냄새를 감출 수는 없다.

오늘은 일요일이다. TV를 켜는 경우에는 정신을 바짝 차리고 있어야 한다. 이건 고도의 전략 문제이다. 까딱하면 서너 시간 동안 아무도 오지 않아 채널을 바꿀 수가 없기 때문에, 흥미 있는 프로가 있더라도 그 프로 다음에 눈물을 짜는 연속극이나 바보 같은 오락 프로, 혹은 소리만 질러대는 토크쇼가 예정되어 있을 때에는 차라리 아무것도 보지 않기로 단념해 버리는 편이 낫다. 걸핏하면 쳐대는 박수 소리를 듣노라면 귀가 떨어져 나가는 것 같다. 나는 예술이나 역사, 아니면 동물을 주인공으로 한 차분한 기록 영화를 훨씬 좋아한다. 나는 나무가 타는 광경을 응시하듯, 논평 없이 눈으로만 이런 프로그램을 지켜본다.

오늘은 일요일이다. 시간을 알리는 예배당의 종소리가 무겁게 울려 퍼진다. 벽에 걸린 보건소 일력을 보니, 어느새 8월이다. 한편으로는 이렇듯 정지한 듯한 시간이, 다른 한편으로는 미친 듯이 재빨리 달음박질치는 것은 무슨 역설에서일까? 쪼그라들 대로 쪼그라든 나의 보잘것없는 세계에서 한 시간은 한없이 늘어지지만, 반대로 한 달은 마치 번개처럼 순식간에 달아나 버린다. 나는 벌써 8월이 되었다는 사실을 도저히 믿을 수 없다. 남자 친구들과 여자 친구들, 그리고 또 아이 녀석들은 모두 여름 휴가를 맞아 산지사방으로 흩어졌다. 나는 머릿속으로나마 다른 사람들이 여름을 보내는 장소에 슬쩍 한몫 끼어 본다. 남들의 휴가 소식이 내 마음을 조금은 아프게 하지만, 할 수 없지 않은가. 브르타뉴 지방에서는 어린아이 한 부대가 자전거를 타고 시장엘 다니러 간다. 아이들 얼굴은 한결같이 웃음으로 환하게 빛난다. 개중에는 벌써 사춘기에 들어섰을 법한 녀석들도 있지만, 유도화가 흐드러지게 핀 길가를 거니는 동안 녀석들도 잊고 있던 아이다운 천진

성을 되찾은 것 같았다. 오늘 오후에 이 아이들은 보트를 타고 섬을 한 바퀴 돌겠지. 배의 작은 모터는 딸딸거리며 숨가쁘게 물살을 헤쳐 가겠지. 배의 앞쪽에 누워 두 눈을 감은 채, 배 밖으로 한 팔을 늘어뜨려 손가락으로 차가운 물살을 가르는 녀석도 있을 테지. 남프랑스 지방에서라면 작열하는 태양을 피해 집안 구석에 틀어박혀 있는 편이 나을지도 모른다. 수채화용 스케치북에 그림을 그리는 이들도 있다. 한쪽 발을 다친 새끼고양이가 시골 신부의 사택 정원에서 그늘을 찾아 헤맨다. 좀 더 멀리 카마르그 지방에서는 수송아지들이 아니스 풀향기를 맡고 늪지대 부근으로 구름떼처럼 몰려간다. 점심시간이 가까워 오자, 어디서나 가족들이 자기들의 모일 자리를 마련하느라 분주하다. 가정의 어머니들은 언제나 점심 준비하기가 힘든 노역으로 생각되지만, 나에게 있어서 점심식사란 언제나 하나의 근사한 의식이었다. 지금은 비록 잊혀졌을지라도.

오늘은 일요일이다. 나는 창가에 쌓인 책들을 바라

본다. 오늘은 아무도 나에게 책을 읽어 줄 사람이 없으니, 그저 쓸모없는 도서관처럼 생각된다. 세네카, 졸라, 샤토브리앙, 발레리 라르보가 겨우 1미터밖에 안 되는 거리에 있지만 가혹하게도 나는 가까이 갈 수가 없다. 검은 파리 한 마리가 내 콧잔등에 와서 앉는다. 나는 파리를 쫓으려고 고개를 이리저리 돌려 본다. 그래도 놈은 버티고 있다. 올림픽 때 구경한 그레코로만형 레슬링 경기도 지금처럼 처절하지는 않았었다. 오늘은 일요일이다.

Les demoiselles de Hong Kong

홍콩의 아가씨들

나는 여행을 굉장히 좋아했다. 운좋게도 과거 여러 해 동안 많은 풍경과 감동, 그리고 감각을 차곡차곡 저장해 두었으므로 여기처럼 하늘이 온통 잿빛이라 외출할 엄두를 낼 수 없는 날에도 나는 상상의 여행을 떠날 수 있다. 이건 아주 이상한 방랑이다. 기름 썩은 냄새가 나는 뉴욕의 한 선술집. 양곤의 시장에서 맡았던 가난의 냄새. 세상의 끝. 백색으로 얼어붙은 상트페테르부르크의 밤. 또는 네바다 주의 사막 퍼니스 그릭의

이글이글 타오르는 태양. 그런데 이번 주에는 한층 더 특별했다. 매일 새벽 무렵이 되면, 나는 내 잡지사의 국제판 담당자들이 요 며칠 동안 모임을 갖고 있는 홍콩으로 날아간다. 나는 아직도 '내 잡지'라고 말한다. 이런 표현이 부당하다는 것은 나도 잘 알지만, 그래도 내가 억지로 첨가한 소유 형용사 덕분에 나는 아직도 움직이는 세상과 연결되어 있다고 느낀다.

홍콩에서는 길을 찾는 데 상당히 애를 먹는다. 왜냐하면 다른 많은 사람들과 달리, 나는 이 도시엘 한번도 간 적이 없기 때문이다. 홍콩에 갈 기회가 생길 때마다 얄궂은 운명의 장난 때문에 번번이 여행 계획이 무산되곤 하였다. 출발 전날 아프지 않으면 여권을 잃어버렸다거나, 다른 곳으로 취재 갈 일이 생기곤 하였던 것이다. 결국 우연에 의해 나는 이 도시에 발을 디뎌 보지 못했다. 한 번은 나 대신 장 폴 K.가 간 적도 있다. 물론 장 폴이 베이루트 감옥에 몇 년 동안 갇혀 있기 전에 있었던 일이다. 그는 감옥 속에서 정신이 돌아 버리지 않도록 보르도산 고급 포도주의 족보를 외고 있었다고 한다. 나에게 무선 전화기를 선물하면서, 그는 동그란 안경알 너머로 낄낄대며 웃었다. 당시로서는 최첨단 기계였었다. 나는 장 폴을 몹시 좋아했지만, 헤즈볼라 인질극 이후로는 그를 다시 보지 못했다. 아마도 당시에는 여자들의 옷 이야기를 주로 다루는 세계에 뛰어들기로 작정한 내 자신을 부끄러워했기 때문이었던 것 같다. 지금은 내가 갇힌 몸이 되고, 그는 자유인이다. 그런데 나는 보르도산 고급 포도주의 족보를 모르니, 공허한 시간을 달래기 위해 다른 족보를 찾아야 한다. 나는 내 잡지가 발행되는 나라 이름을 꼽아 본다. 매력을 추구하는 나라들의 국제연합격인 내 잡지는 이미 28개국이라는 회원을 확보했다.

말이 나온 김에 묻거니와 '프렌치 터치(french touch)'의 지칠 줄 모르는 사절이신 나의 동료들이여, 지금 모두들 어디에 계십니까? 당신들은 하루 온종일 홍콩의 한 호텔 회의실에서 중국어·영어·타이어·포르

투갈어, 혹은 체크어로 "《엘르》지가 추구하는 여성은 누구인가?"라는 상당히 형이상학적인 질문에 답하느라 애쓰셨겠지요? 지금쯤은 모두들 항상 여러 사람을 대동하고 다니기를 좋아하는 영원한 나비넥타이 회장님을 따라, 휘황찬란한 네온사인 아래에서 전자계산기며 국수를 파는 거리거리를 누비고 다니실 테지요. 스피로우와 나폴레옹을 합쳐 놓은 것 같은 우리 회장님은, 제일 높은 고층 건물 앞에만 멈추어 서서 위세 좋게 건물을 위아래로 훑어보기 때문에 마치 건물을 통째로 삼켜 버릴 것만 같다.

회장님, 어디로 갈까요? 배 타고 마카오에 가서 지옥 같은 카지노에서 달러나 날리고 올까요, 아니면 프랑스 디자이너 필리프 S.가 실내장식을 한 페닌슐러 호텔 펠릭스 바에나 가볼까요? 약간의 자기도취 기질은 나로 하여금 후자를 택하게 한다. 사진 찍히기를 어지간히 싫어함에도 불구하고 이 호사스런 스카이라운지에는 내 인물 사진이 구비되어 있다. 의자 등받이에 새겨진 것으로, 필리프 S.는 다른 10여 명의 파리 인사들의 얼굴도 같은 기법으로 새겨 놓았다. 물론 이 작업은 운명의 힘이 나를 참새나 쫓는 허수아비로 만들어 버리기 전에 마무리되었다. 나는 내 얼굴이 찍힌 의자가 다른 의자보다 더 인기가 있는지는 알 수 없지만, 적어도 바텐더에게만은 진실을 밝히지 말아 주었으면 좋겠다. 이 사람들은 워낙 미신을 잘 믿기 때문에 이 사실을 알고 나면, 미니스커트 차림의 아리따운 홍콩 아가씨들은 아무도 내 위에 올라앉으려 하지 않을까봐 두렵다.

지금은 종이에 아무 글씨도 씌어 있지 않지만,

어느 날엔가는 분명히 나에게 전달될 메시지가

적히게 될 것이라고 나는 확신한다.

Le message

메시지

외관상 병원의 우리 구역은 영국의 고등학교와 비슷해 보인다. 그렇지만 카페테리아를 드나드는 단골손님은, 영화 〈죽은 시인의 사회〉의 주인공들과 전혀 닮지 않았다. 여자들의 시선은 무뚝뚝하기만 하고, 남자들은 문신에다가 심지어 손가락에 반지까지 주렁주렁 끼고 다닌다. 그네들은 소파에 모여 앉아 줄담배를 피워대며 패싸움이나 오토바이 이야기만을 떠들어댄다. 모두들 구부정한 양어깨에 삶의 십자가를 짊

어진 듯하며, 이미 인생의 쓴맛을 많이 보아 왔기 때문에 베르크에서의 체류도 매 맞고 자란 어린 시절에서, 실직자로 전락할 것이 뻔한 미래로 넘어가는 과도기에 임시로 머물러 가는 곳 정도로 생각하는 것 같았다. 내가 연기로 가득 찬 그네들의 소굴에 들어서면, 순간적으로 성당 제단에서와 같은 침묵이 감돈다. 하지만 나는 그들의 눈에서 어떤 연민도, 동정의 기색도 발견할 수 없다.

열린 창문으로 병원의 청동 심장이 뛰는 소리가 들려 온다. 매시간마다 네 번씩 푸른 창공을 향해 종을 치는 소리이다. 빈 잔으로 어지럽혀진 테이블 위에는 작은 타자기가 놓여 있다. 타자기에는 분홍색 종이 한 장이 비뚤름히 끼워져 있다. 지금은 종이에 아무 글씨도 씌어 있지 않지만, 어느 날엔가는 분명히 나에게 전달될 메시지가 적히게 될 것이라고 나는 확신한다. 그 날을 기다린다.

Au musée Grévin

그레뱅 박물관

간밤에는 꿈속에서 그레뱅 박물관엘 갔다. 박물관은 그 사이에 많이 달라져 있었다. 황금시계 양식으로 지어진 입구와 요술 거울·마술 상자는 여전했으나, 시사성 있는 인물들의 조각을 세워 놓은 회랑은 자취를 감추었다. 첫번째 방에서, 나는 전시되어 있는 인물들을 첫눈에 알아볼 수가 없었다. 의상 담당자가 조각에 평상복을 입혀 놓았기 때문에, 나는 하나하나를 조심스럽게 뜯어보고 이들이 하얀 가운을 입은 모습을 혼자 상상해 본 다음에서야 티셔츠 차림의 어정쩡한 남자, 미니스커트 차림의 젊은 여자, 손수레를 미는 아줌마, 오토바이용 헬멧을 쓴 청년들이 바로 아침부터 저녁까지 내 머리맡에 들락날락하는 간호사와 간호보조사들임을 알았다. 그들은 한 명도 빠짐없이 모두 밀랍으로 굳어진 채 거기에 있었다. 상냥한 사람, 사나운 사람, 감수성이 예민한 사람, 무심한 사람, 활동적인 사람, 게으른 사람 등, 내가 접촉하는 모든 유형의 사람들, 이 사람들에게 있어서 나라는 존재는 수많은 환자들 중의 하나에 불과하다.

나는 처음엔 몇몇 사람들 때문에 몹시 두려워했다. 그 사람들이 내 감방을 지키는 문지기이며, 구역질나는 음모에 가담한 자들이라고 생각하기도 했다. 그후로는 나를 바퀴의자에 앉히다가 팔을 삐게 한 사람이나 켜진 TV 앞에서 밤을 지새우게 한 사람, 너무나 고통스러운 자세로 내버려둔 사람들을 증오했다. 몇 분, 혹은 몇 시간만 더 이 증오심이 지속되었더라면 그들을 죽였을지도 모를 일이다. 그러나 제아무리 대단한 분노라도 시간이 지나면 저절로 사그라지는 법이다. 이제는 이들 모두 자신들이 맡은 임무를 그럭저럭 해내는 익숙한 얼굴들이 되었다. 우리 어깨를 짓누르는 십자가의 무게가 너무 무거울 때, 십자가를 다만 얼마만이라도 들어 주는 것이 이들에게 주어진 임무이다.

나는 이들이 내 병실에 들어왔을 때, 우렁찬 내면의 소리로 이들 각각을 부를 수 있도록 이들에게 나만이 아는 별명을 붙였다. "안녕, 파란 눈! 잘 있었나, 대공전하!" 상대방은 물론 아무것도 모른다. 내 침대 주위를 돌며, 록가수 같은 포즈로 "좀 어때요?" 하는 사람은 다비드 보이이다. 백발이 다 되었는데도 어린애 같은 얼굴과 진지함으로 "아무런 불상사가 생기지 않는 한"만을 반복하는 꼰대를 보면 저절로 웃음이 난다. 람보와 터미네이터는 짐작대로 상냥한 사람들이 아니다. 나는 이 사람들보다는 체온계를 훨씬 좋아한다. 내 겨드랑이 사이에 꽂아둔 이 기구를 매번 잊어버리지만 않는다면, 체온계의 헌신적인 태도는 정말이지 본받을 만하다.

그레뱅 박물관의 밀랍 조각가는, 이미 여러 세대 전부터 오팔 해안의 바람과 피카르디 곡창 사이에 정착한 이들 북부 사람들의 생김새며 표정을 재현하는 솜씨가 고르지 못하다. 이 사람들은 자기네들끼리 모이면 누가 시키지 않아도 자기네 사투리만 쓰는 토박이들인데, 어떤 조각은 실물과 거의 하나도 닮지 않았다. 플랑드르 가도에 모여선 군중들을 황홀한 붓놀림으로 멋지게 재현한, 중세시대 세밀화가 정도의 재주가 그에게는 부족한 모양이다. 하지만 시골 출신 소녀들의 통통한 팔이며 볼록한 양뺨에 감도는 발그스름한 홍조 등, 어린 간호사 지망생들의 젊고 싱싱한 매력만큼은 천진하게 잘 포착했다. 전시실을 떠나며 나는 이 모든 사람을 좋아한다고 생각했다. 지옥의 수문장들.

다음 전시실에서, 나는 해양병원의 내 병실이 실제

와 똑같이 재현되어 있는 것을 보고 깜짝 놀랐다. 그렇지만 실제로 가까이 다가가서 보면, 사진이나 그림·포스터 등이 빛깔이 선명치 않은 뜯어붙이기로 제작되었으며, 마치 인상파 화가들의 그림처럼 어느 정도 떨어져서 보았을 때 착각을 일으킬 수 있도록 제작되었음을 알 수 있다. 침대 위에는 아무도 없고, 다만 노란 시트 한가운데에 움푹 들어간 곳이 있어서 그곳에 창백한 후광이 비치고 있었다. 버려진 책상 곁으로 난 두 개의 통로에 흩어져 있는 인물들을 알아보기는 아주 쉬웠다. 내가 사고를 당한 다음날, 누가 시킨 것도 아닌데 내 주위에 자발적으로 모여든 몇 명의 친지들이었다.

등받이 없는 의자에 앉아, 미셸은 방문객들과 나와의 대화를 기록해 놓는 공책에 무엇인지를 열심히 쓰고 있다. 안 마리는 장미 마흔 송이로 꽃다발을 만들고 있다. 베르나르는 한 손에는 폴 모랑〔프랑스의 외교관, 작가〕의 《대사관 직원의 일기》를 들고, 다른 한 손으로는 변호사 같은 제스처를 하고 있다. 그의 코끝에 얹힌 금속테 안경 덕분에, 그의 법원 전문가로서의 분위기가 한결 실감나게 살아난다. 코르크판에 아이들의 그림을 꽂고 있는 갈색 머리의 플로랭스는 우수어린 미소를 머금고 있다. 벽에 기대서 있는 파트릭은 생각에 잠겨 있는 듯하다. 마치 살아 있는 듯한 이 화면으로부터는 더할 나위 없이 넘쳐나며, 이와 아울러 이 친구들이 나를 찾아 줄 때마다 느끼곤 하는 깊은 애정과, 함께 나누어 갖는 슬픔이 전달된다.

나는 이 박물관에 아직도 구경거리가 남아 있는지를 알기 위하여 구경을 계속하려 했으나, 어두운 복도에서 경비원이 내 얼굴에 정면으로 손전등을 들이댔다. 나는 눈을 깜박거렸던 것 같다. 잠에서 깨어 보니, 팔이 통통한 어린 간호사가 손에 손전등을 든 채 내게로 다가와 "수면제를 지금 드시겠어요, 아니면 한 시간 후에 드릴까요?"라고 묻는다.

Le fanfaron

허풍선이

처음으로 청바지라는 것을 입기 시작한 파리에서의 고등학교 시절에, 나는 올리비에라는 키가 크고 얼굴빛이 늘 불그스름한 사내아이를 사귀었다. 터무니없는 거짓말로 급우들에게 인기를 끌던 학생이었다. 녀석과 함께 있으면 극장 같은 곳에 갈 필요가 없었다. 항상 제일 좋은 자리에서 돈도 안 들이고 근사한 영화만을 볼 수 있었으니까. 월요일에는, 우리가 일요일의 나른함에서 미처 벗어나기도 전에, 아라비안나이트에

나 등장할 만한 황홀한 주말 무용담을 들려주었다. 조니 할리데이와 주말을 보냈다거나, 그게 아니면 007의 새로운 시리즈를 보기 위해 런던엘 갔었다는 둥, 혹은 누군가가 최신형 혼다 오토바이를 그에게 빌려 주었다는 것이었다. 마침 일제 오토바이들이 프랑스에 상륙하기 시작할 무렵이어서, 쉬는 시간이면 온통 그 이야기뿐이던 시절이었다. 아침부터 저녁까지 이 녀석은 먼저 했던 이야기가 지금 하는 이야기와 모순이 되면 어쩌나 하는 사소한 걱정일랑은 접어둔 채, 자잘한 거짓말과 굉장한 허풍을 총망라해서 우리를 즐겁게 해주었다. 오전 10시에는 자기가 고아라고 했다가 점심시간에는 외동아들이 되는가 하면, 오후에는 누이가 네 명이나 있으며 그 중 한 명은 피겨스케이팅 선수권자라는 식이었다. 실제로는 공무원이었던 녀석의 아버지는, 그때그때 기분에 따라 원자폭탄 발명가, 비틀스 매니저, 또는 드골 장군의 사생아로 탈바꿈하셨다. 올리비에 스스로가 자기 이야기를 일목요연하게 정리하려 들지 않았기 때문에, 듣는 우리도 그에게 일관성 없음을 나무라지 않았다. 너무도 황당한 이야기를 할 때면 의심의 눈초리를 보내기도 했지만, 녀석이 진지하게 "내가 맹세한다니까!"라고 항변하면 믿어 주는 척하는 수밖에 없었다.

가장 최근의 소식통에 따르면, 올리비에는 우리에게 말한 장래 포부와는 달리 전투기 조종사도 아니고 스파이도 아니며, 아랍 제후의 보좌관도 아니다. 그는 광고업계에서 이야기꾼으로서의 자기의 무궁무진한 재능을 십분 발휘하고 있다. 상당히 논리적인 귀결이다.

나는 당시에 그를 약간 경멸했던 것을 후회한다. 왜냐하면 요즈음 나는 올리비에와 그의 이야기 지어내는 솜씨를 몹시 부러워하고 있기 때문이다. 나 역시 상상 속에서나 근사한 삶을 그려 보는 대리 삶을 사는 처지가 되었지만, 도저히 올리비에만큼 힘들이지 않고 이런 상황에 대처할 수는 없을 것 같다. 어느 순간에 나는 포뮬러 원 자동차 경주에 출전하는 운전자가 된다.

독자들 중에는 몬차나 실버스톤 코스에서 자동차를 모는 나를 본 사람들도 있을 것이다. 마크도 번호판도 달지 않은 신비스런 백색 자동차가 바로 내 차이다. 침대에 누워, 아니 자동차의 운전석에 앉아 나는 최대 속도로 커브길에 들어선다. 헬멧의 무게를 견디지 못한 내 머리는, 중력의 법칙에 따라 고통스럽게 아래로 떨구어진다. 나는 또 TV에서 보는 역사적 대전에 참전하는 군인이 되기도 한다. 나는 알레시아, 푸아티에, 마리냐노, 아우스터리츠, 슈맹 데 담므 전투에서 싸웠다. 노르망디 상륙작전에서 약간의 부상을 입었기 때문에, 디엔 비엔 푸 전투에 참전할 수 있을지는 아직 미지수이다. 물리치료사의 안마를 받는 동안이면, 나는 어느새 다음날에 벌어질 프랑스 일주 국제 사이클 대회를 앞둔 자전거 경주계의 다크호스가 된다. 물리치료사는 고된 전지훈련으로 파열된 내 근육을 풀어 주고 있는 중이다. 나는 투르말레 언덕으로 달려간다. 정상으로 가는 길가에 늘어선 군중들의 박수 소리가 귓가에 맴돈다. 내려오는 길에 자전거 바퀴살에 슈욱슈욱 공기가 와닿는 소리가 들린다. 나는 선두를 달리던 거물들보다 15분이나 먼저 도착지에 골인한다. "내가 맹세한다니까!"

그는 불빛이 바뀐 걸 알아차리지 못했다네……

'A day in the life'

'내 삶 속의 어느 하루'

이젠 목적지에 거의 다 도착한 듯하다. 이제부터 1995년 12월 8일에 일어난 청천벽력 같은 사건에 대한 이야기를 해야겠다. 애초부터 나는 내가 정상적인 인간으로 살았던 마지막 날의 기억을 이야기하고 싶었으나, 자꾸만 뒤로 미룬 나머지 이제 막상 내 과거로 불쑥 점프를 하려니 현기증이 날 지경이다. 어디서부터 시작해야 할지 모르겠다. 두 조각으로 깨어진 체온계로부터 흘러나오는 수은 방울을 잡기가 무척 어렵듯이, 나는 이 무겁고 공허한 순간들을 어떻게 포착해야 할지 모르겠다. 말들이 슬금슬금 나를 피해 간다. 늘씬한 갈색머리 여인의 따뜻하고 보드라운 육체 곁에서 정상인으로서의 마지막 잠을 자고 눈을 떴으면서도, 그것이 행복인지도 모르는 채 오히려 툴툴거리며 일어났던 그 아침을 어떻게 말로 표현한단 말인가? 하늘, 오가는 사람들, 며칠 동안 계속되는 대중교통 수단의 파업 시위 등, 모든 것이 잿빛이었고 질척질척한데다가 체념의 기운마저 감돌고 있었다. 수백만 파리 시민들과 다름없이 플로랭스와 나는 마치 꼭두각시처럼 잠이 덜 깬 눈에 피곤에 지친 안색을 한 채, 도저히 빠져나올 실마리가 보이지 않는 수렁 속에서의 새로운 하루를 시작했다. 면도하기, 옷입기, 코코아 한 사발 마시기 등, 지금 생각하면 기적같이 여겨지지만 당시에는 대수롭지 않은 일상적인 모든 동작을 기계적으로 해치웠다. 벌써 여러 주일 전부터 나는 이날을 한 수입업자가 권하는 대로, 독일 자동차 회사 제품을 운전사를 대동한 상태로 시운전해 보는 날로 정해 두었다. 약

속 시간이 되자 말쑥하게 차려입은 젊은 청년이 은회색빛 BMW 앞에 몸을 기댄 채, 우리 아파트 정문에서 나를 기다리고 있는 것이 보였다. 창문을 통해 나는 육중하면서도 안락해 보이는 커다란 리무진 자동차를 살펴보았다. 오래된 진 재킷을 걸치고, 회사 중역들이 주로 애용하는 이 승용차를 몰면 잘 어울릴까 자문해 보았다. 나는 유리창에 이마를 대고 살갗에 닿는 찬 기운을 느껴 본다. 플로랭스가 다가와 부드럽게 내 목덜미를 쓰다듬는다. 작별인사는 오래 걸리지 않았다. 입술이 서로 맞닿았나 싶을 때, 나는 벌써 왁스 냄새가 나는 계단을 뛰어 내려가고 있었다. 이전의 삶에서 마지막으로 맡은 냄새.

오늘 난 뉴스를 읽었다네, 가엾은 친구…….

라디오에서는 교통 혼잡을 알리는 스포트 뉴스 사이사이로 비틀스의 〈내 삶 속의 어느 하루〉가 흘러나온다. 하마터면 나는 비틀스의 '오래된' 노래라고 적을 뻔했다. 비틀스의 마지막 음반이 1970년에 나왔으니 말할 필요도 없이 당연한 일인데, 불로뉴 숲을 가로질러 BMW는 날아다니는 양탄자처럼 미끄러진다. 부드러움과 쾌락의 보금자리. 운전사에게 아주 호감이 간다. 나는 그에게 오후 계획을 설명한다. 우선 파리에서 40킬로미터쯤 떨어진 곳에서 자기 엄마와 살고 있는 내 아들 녀석을 찾아 차에 태우고, 저녁 무렵에 다시 파리로 데리고 온다는 계획이다.

그는 불빛이 바뀐 걸 알아차리지 못했다네……

지난 7월 내가 집을 떠난 이후로, 테오필과 나는 남자끼리의 진실한 대화를 나누어 보지 못했다. 나는 그 아이를 데리고 아리아스의 새로운 연극을 구경한 뒤, 클리시 광장에 있는 한 식당에서 굴을 먹을 예정이다. 그렇지, 주말도 함께 보내야겠어. 파업 때문에 내 계획에 차질이 생기지 않기를 바랄 뿐이다.

나는 당신의 마음을 돌려 놓고 싶어……

　나는 이 곡을 오케스트라가 점점 크게 연주하면서,
마지막 부분에 이르러 폭발하는 듯한 분위기로 편곡한
것을 좋아한다. 마치 피아노가 60층 꼭대기에서 땅바
닥으로 떨어지는 듯한 느낌이 든다. 르발루아에 도착
했다. BMW는 잡지사 앞에서 멈춘다. 나는 오후 3시
에 다시 만나기로 운전사와 약속한다.

　내 책상 위에는 메모 하나가 덩그러니 놓여 있다. 하
지만 그 내용이라니! 출근하는 대로 곧장 S 여사에게
전화를 해야 했다. 전 보건사회부 장관이며 프랑스에
서 제일 인기 좋은 여성, 우리 잡지사의 요량대로라면
이미 오래전부터 팡테옹 국립묘지에 한 자리 확실하게
맡아 놓은 굉장한 여성. 이런 종류의 통화 요청은 결
코 우연에서 비롯되는 법이 없으므로, 나는 즉시 우리
가 이렇게 신적인 존재의 반응을 불러일으킬 만한 무
슨 일을 했는지 조사해 본다. "제 생각에는 지난호에

나간 사진이 만족스럽지 않았기 때문이 아닐까 싶어
요"라고 내 비서는 완곡하게 말한다. 지난호 잡지를 펼
쳐 문제의 사진을 찬찬히 뜯어본다. 과연 우리의 여신
을 돋보이게 하기보다 오히려 우스꽝스럽게 보이게 하
는 편집이 눈에 들어온다. 잡지사 일을 하다 보면, 도
저히 합리적으로는 설명되지 않는 불가사의와 만나게
된다. 몇 주일 동안이나 한 가지 주제를 놓고 지치도
록 작업한 후, 내로라하는 전문가들의 손을 무수히 거
치는 과정에서, 겨우 2주 동안 연수받은 풋내기 기자
후보생도 단번에 지적할 수 있는 어처구니없는 실수를
발견하지 못하는 수가 있다. 나는 문자 그대로 한 차례
전화 태풍 세례를 받는다. S 여사는 벌써 몇 해 전부터
우리 잡지가 자기에게 불리한 음모를 꾸미고 있다고
확신하고 있던 터였기에, 내 쪽에서 그녀에게 그게 아
니라 반대로 우리가 그녀를 누구보다도 존경하고 있음
을 설득시킨다는 것은 결코 쉬운 일이 아니었다. 여느
때 같으면 이런 종류의 사후 수습은, 유명 인사를 상대
로 무한한 인내심을 발휘하는 편집장 안 마리의 몫이

었다. 외교적 수완에 있어서, 나는 헨리 키신저보다 아독 선장과 훨씬 비슷한 점이 많은 사람이었다. 45분간의 통화를 마치고 수화기를 내려놓고 나니, 나는 파김치가 된 기분이었다.

비록 식사가 '약간 따분'하기로 정평이 나 있긴 하지만, 우리 그룹 계열사의 편집장들은 무슨 일이 있어도 회장인 제로니모(혹은 지지자들이 선사한 루이 11세나 아야톨라[이슬람 세계에서 절대적인 권위를 지니는 수사들의 직위]라는 별명도 있다)가 '현황 파악'을 위해 소집하는 점심식사만은 빠지려 하지 않았다. 건물 꼭대기층에 자리한 간부용 식당의 가장 큰 방에서 열리는 이 식사 시간을 빌려, 회장은 속마음을 드러내는 말을 한두 마디씩 던지곤 했다. 그러면 참석자들은 이 말을 가지고 회장의 부하 직원에 대한 신임도를 측정하는 것이 관례였다. 부드러운 목소리로 전개하는 확실한 칭찬에서부터 맹수의 날카로운 발톱처럼 냉혹한 대꾸뿐만 아니라 손짓·표정·수염 만지기 등 그의 레퍼

토리는 무궁무진했으며, 우리는 시간의 경과와 더불어 기술을 차츰 습득해 나갔다. 이 마지막 식사에 대해서는 거의 기억나는 것이 없다. 죄인의 사약이 아닌 물을 마셨다는 것 정도가 고작이다. 메뉴로는 쇠고기 요리가 나왔던 것 같다. 당시엔 아직 언급하는 사람이 없었지만, 어쩌면 그날 우리가 광우병균에 감염될 수도 있었다. 잠복기가 15년이나 된다니 사실인지 아닌지는 차츰 알게 될 것이다. 유일하게 예정된 죽음은 파리 언론 전체를 긴장시키는 미테랑의 죽음이었다. 이번 주말을 과연 넘길 수 있을 것인가? 그러나 실제로 그는, 그 이후로 1개월 넘게 더 살았다. 이런 종류의 식사가 지니는 가장 큰 결함은 지독히도 오래 지속된다는 점이다. 나는 유리 건물 전면에 저녁 어스름이 깔리기 시작할 무렵이 되어서야 운전사와 다시 만날 수 있었다. 시간을 벌기 위해서 나는 사무실에 다시 들렀지만, 아무에게도 인사를 하지 않고 도둑처럼 몰래 빠져나왔다. 그래도 이미 4시가 지나 있었다.

"아무래도 러시아워에 걸리겠는데요."

"미안하게 됐소."

"선생님 생각해서 드린……."

한순간 나는 연극 구경이며 테오필 방문 등 모든 걸 취소하고, 집에 가서 치즈나 한 조각 먹으며 크로스워드 퍼즐이나 하고 싶은 마음이 간절했다. 그렇지만 나는 목구멍까지 올라온 이 유혹의 목소리에 완강히 저항하기로 결심했다.

"고속도로만 피하면 되지 않겠소?"

"원하신다면……."

제아무리 성능 좋은 BMW라지만 꽉 막힌 쉬렌 다리에서는 옴짝달싹할 수가 없었다. 우리는 생클루 경마장을 지나 가르슈의 레몽 푸앵카레 병원 앞으로 접어들었다. 이곳을 지날 때마다 나는 어린 시절에 겪었던 그리 유쾌하지 않은 기억을 떠올리지 않을 수 없었다. 콩도르세 고등학교 학생이던 시절, 체육 선생님은 내가 제일 싫어하던 야외 수업을 위해, 우리를 보크레송에 있는 운동장으로 데리고 가셨다. 하루는 우리를 실어 나르던 버스가, 병원에서 바삐 나오느라 좌우를 살필 겨를도 없이 허둥지둥 걸어오는 남자를 정면으로 들이받았다. 급브레이크를 밟는 이상한 소리가 나는 듯했는데, 남자는 벌써 그 자리에서 즉사하고 말았다. 버스의 앞유리는 핏자국으로 얼룩져 있었다. 오늘 같은 어느 겨울날 일어난 일이었다. 조서를 쓰고 나니 벌써 저녁이 되어 있었다. 다른 운전사가 와서 우리를 파리로 데려다 주었다. 버스 한구석에서 떨리는 목소리로 〈페니 레인〉을 불러대는 녀석들이 있었다. 역시 비틀스의 노래였다. 테오필은 마흔네 살 때 무슨 노래를 기억할까?

한 시간 반 동안 달린 끝에 우리는 드디어 목적지인 집 앞에 도착했다. 내가 10년 동안 살았던 집이다. 행복했던 시절엔 아이들이 떠들어대는 소리와 쾌활한 웃음소리가 울려 퍼지던 널따란 정원에는 안개가 내려앉았다. 테오필은 자기의 배낭 위에 올라앉은 채 현관에서 우리를 기다리고 있었다. 주말을 보낼 준비를 마친 모양이다. 나는 나의 새로운 동반자인 플로랭스에게 전화를 해서, 그녀의 목소리를 듣고 싶었다. 하지만 아마도 플로랭스는 금요일 저녁 기도에 빠지지 않기 위하여, 지금쯤 벌써 부모님 댁으로 떠나고 없을 것이다. 나는 딱 한번 유대인 가정 의식에 참석해 본 적이 있다. 바로 이곳 몽탱빌에서, 내 자식들의 탯줄을 잘라 준 나이 든 튀니지 의사 선생님 댁에서였다. 그 다음부터는 모든 것이 앞뒤가 제대로 맞지 않는다. 눈앞이 흔들거리는 듯하더니 머릿속도 멍해졌다. 그렇지만 BMW의 핸들 앞에 앉아 계기판에 정신을 집중하려고 애썼다. 나는 천천히 차를 몰았다. 하지만 헤드라이트의 물결 속에서, 나는 내가 수천 번도 더 지나다녔던 길임에도 불구하고 커브길을 잘 볼 수가 없었다. 나는 이마에 땀방울이 맺히는 것을 느꼈다. 차가 한 대 지나칠 때, 나는 그 차가 두 대로 보였다. 첫번째 교차로에서 나는 자동차를 길 한쪽에 세웠다. 그러고 나서 비틀거리며 BMW에서 내렸다. 나는 거의 서 있을 수도 없었다. 얼른 뒷자리로 가서 주저앉았다. 내 머릿속엔 한 가지 생각밖에 없었다. 간호사인 처제 디안이 살고 있는 마을까지 가야 한다고 생각했다. 반쯤밖에 의식이 없는 상태에서, 우리가 처제의 집 앞에 도착하자마자 나는 테오필에게 뛰어가서 이모를 불러 오라고 말했다. 잠시 후 디안이 왔다. 디안은 채 1분도 안 되게 나를 검사하더니, 이렇게 선언했다. "병원으로 가야 해요. 최대한 빨리." 병원까지는 15킬로미터 거리였다. 운전사는 자동차 경주 선수처럼 전속력으로 차를 몰았다. 나는 마치 환각제라도 먹은 것처럼 기분이 이상했다. 내 나이에 환각제라니, 어울리지 않는다고도 생각했다. 단 한순간도 내가 아마 죽어 가는 것 같다는 생각은 전혀 해보지 않았다. 망트로 가는 도로에서 BMW는 날카로운 모터 소리를 내며 거듭거듭 클랙슨을 울리면서, 앞에 가는 차들의 행렬을 뒤로 한 채 달려갔다. 나는 "여보게, 이제 좀 괜찮네. 이렇게 쌩쌩 달리다 사고를 낼 필요까진 없겠네"라는 식의 이야기를 하고 싶었지만 입 밖으로는 아무 말도 내보낼 수가 없었고, 말을 듣지 않는 고개는 계속해서 저 혼자

끄덕거렸다. 그날 아침에 들었던 비틀스의 노래가 다시 생각났다.

소식이 좀 슬픈 편이어서, 나는 사진을 들여다보았네.

순식간에 병원에 도착했다. 사람들이 이쪽저쪽으로 황급히 뛰어다녔다. 두 팔이 흔들거리는 나를 바퀴의자로 옮겼다. BMW의 문이 부드럽게 닫혔다. 언젠가 좋은 차는 문 닫히는 소리만 들어도 알 수 있다는 말을 들었던 기억이 난다. 병원 복도의 형광등 때문에 눈이 부셨다. 엘리베이터 안에서 모르는 사람들이 나를 격려했으며, 비틀스의 〈내 삶 속의 어느 하루〉는 거의 끝나가고 있었다. 60층에서 떨어지는 피아노. 피아노가 완전히 떨어져 부서지기 직전에, 나는 연극 구경을 취소해야 한다는 생각을 했다. 어차피 공연장에는 늦게나 도착할 형편이었다. 내일 저녁에 가면 되겠지. 그런데 테오필은 어디 갔을까? 그리고 나서 나는 혼수 상태에 빠져들었다.

열쇠로 가득 찬 이 세상에

내 잠수종을 열어 줄 열쇠는 없는 것일까?

La rentrée

휴가 끝

여름이 지나간다. 저녁엔 제법 선선해서, 나는 다시 '파리 병원'이라는 푸른 도색이 찍힌 두터운 담요 속에 웅크리고 있어야 한다. 세탁 아줌마, 치과 의사, 우편배달부 등 휴가 동안에는 모습이 보이지 않던 사람들이 속속 병원으로 돌아온다. 간호사 중 한 명은 아기 토마의 할머니가 되어 돌아왔다. 지난 6월 침댓살에 손가락을 다쳤던 남자도 돌아왔다. 직원 각자의 특징과 습관이 다시금 반복되기 시작했으며, 병원에서 처음 맞는 직무 복귀를 계기로 나는 한 가지 사실을 재확인했다. 나는 확실히 새로운 삶을 시작했으며, 내 새로운 삶은 다른 어느곳도 아닌 바로 이 침대와 의자, 그리고 바깥쪽 복도에서만 맥을 이어간다는 점이다.

나는 캥거루의 짧은 노래를 울부짖듯 읊을 수 있다. 언어치료상의 진전을 실감나게 표현한 찬가라고 할 만하다.

> 캥거루는 벽을 넘었습니다.
> 동물원의 벽을,
> 하느님 맙소사, 벽이 어찌나 높던지요,
> 하느님 맙소사, 세상은 어찌나 아름답던지요.

다른 사람들에 대해서는 소문만을 전해들었을 뿐이다. 문학계 활동 재개, 학교 개학, 파리 구석구석의 휴가 끝 소식은 여행객들이 베르크로 찾아올 때 놀랄 만한 소식들을 가방에 넣어 가지고 올 테니, 그때 가서 좀 더 자세히 알 수 있을 것이다. 듣자 하니 테오필은 걸을 때마다 발뒤꿈치에 불이 들어오는 운동화를 신고 다닌다고 한다. 어두운 곳에서 그 아이를 따라다니기에 안성맞춤일 것 같다. 그때까지 나는 가벼운 마음으로 8월의 마지막 주간을 음미할 수 있다. 오랫동안 이처럼 편한 기분이었던 적이 없다. 처음으로 나는 휴가 시작과 더불어 휴가 기간 내내 나를 괴롭혔던 카운트다운의 속박에서 벗어난 느낌이다.

책상 대신으로 쓰는 바퀴 달린 호마이카 테이블에 팔꿈치를 괴고서, 클로드는 2개월 동안 매일 오후 우리가 무(無)로부터 끈기 있게 건져올린 원고를 다시 읽고 있다. 어떤 페이지는 여러 번씩 읽어도 또 읽고 싶어진다. 실망스러운 페이지도 있다. 이게 과연 책이 될 수 있을까? 클로드의 낭독을 들으면서 나는 그녀의 갈색 머리카락, 햇빛과 바람도 붉게 물들이지 못하는 창백한 양볼, 길고 푸른 정맥이 불거져 나온 손을 관찰한다. 또한 열심히 일하면서 보낸 여름에 대한 추억의 이

미지로 기억될 이 방의 전체적인 연출도 둘러본다. 클로드가 인쇄체의 확실한 필체로 우리의 이야기를 써내려간 청색 겉장의 큼지막한 공책, 여분의 볼펜으로 가득 찬 학생용 필통, 가래를 뱉어야 할 경우에 대비해서 쌓아 놓은 휴지 뭉치, 커피를 마시러 가기 위해 클로드가 가끔씩 동전을 꺼내는 빨간 지갑. 지갑 가운데 지퍼가 열린 틈새로 호텔방 열쇠, 지하철 표 한 장, 4등분으로 접힌 100프랑의 지폐 한 장이 보인다. 마치 지구인들의 주거 형태와 운송 수단 및 상거래 수단을 연구하기 위해, 외계인들이 가져갔다가 돌려준 물건 같은 느낌이 든다. 이 낯익은 풍경을 대하며, 나는 막막한 심정이 되어 생각에 잠긴다. 열쇠로 가득 찬 이 세상에 내 잠수종을 열어 줄 열쇠는 없는 것일까? 종점 없는 지하철 노선은 없을까? 나의 자유를 되찾아 줄 만큼 막강한 화폐는 없을까? 다른 곳에서 구해 보아야겠다. 나는 그곳으로 간다.

베르크 플라쥬, 1996년 7~8월

차 례

Table | 189

양영란

서울대 불어불문학과와 동대학원을 졸업,
프랑스 파리3대학에서 불문학 박사 과정을 수료.

초판 발행: 1997년 5월 20일
10쇄 발행: 2019년 5월 30일

지은이: 장 도미니크 보비
옮긴이: 양영란
펴낸곳: 동문선
제10-64호, 1978년 12월 16일 등록
서울 종로구 인사동길 40 [110-300]
전화 02-737-2795
팩스 02-733-4901
이메일 dmspub@hanmail.net

편집디자인: 신지연

ISBN 89-8038-690-1 03860